第七天

余華

序／從十八歲到第七天

王德威

余華新作《第七天》在媒體熱烈炒作下千呼萬喚始出來，接踵而至的卻是一片批評聲浪。面對這樣的反應，余華應該不會意外。因為他上一部作品《兄弟》在二〇〇六年上市時，就曾經引起類似褒貶兩極化的熱潮。《第七天》顧名思義，宗教（基督教）隱喻呼之欲出。但這本小說不講受難與重生，而講與生俱來的災難，天外飛來的橫禍，還有更不堪的，死無葬身之地。

平心而論，《第七天》寫得不過不失。但因為作者是余華，我們的期望自然要高出一般。余華一九八三年開始創作，今年（二〇一三）恰巧滿三十年。除開小說文本的分析，他如何出入文本內外，處理創作與事件，文壇與市場之間的關係，一樣值得注意。《第七天》所顯現的現象，因此很可以讓我們反思余華以及當代大陸文學這些年的變與不變。

*

一九八七年一月，《北京文學》刊出短篇〈十八歲出門遠行〉。故事裡十八歲的敘事者在父親的鼓勵下揹上紅背包，離家遠行，卻遇到一系列怪誕的人和事，最後以一場暴力搶劫收場。小說沒有明確的時空背景，敘述的順序前後逆反，但最讓讀者困惑——或著迷——的是主人翁那種疏離憊賴的姿態，以及不了了之的語境。

〈十八歲出門遠行〉的作者余華當時名不見經傳，卻精準的寫出一個時代的「感覺結構」。長征的壯志遠矣，只剩下漫無目的的遠行。新的承諾還沒有開始實現，卻已經千瘡百孔。天真與毀壞只有一線之隔，跨過十八歲的門檻的另一面，是暴力，是死亡。

我們於是來到先鋒文學的時代。評論家李陀曾以「雪崩何處？」來形容那個時代一觸即發的危機感與創造力。毛語解體，革命敘事不在，然而歷史的幽靈如影隨形。余華曾是先鋒文學最重要的示範者。他的文字冷冽殘酷，想像百無禁忌。他讓肉體支離破碎成為奇觀（〈一九八六〉、〈古典愛情〉），讓各種書寫文類雜糅交錯（〈鮮血梅花〉），讓神祕的爆炸此起彼落（《此文獻給少女楊柳》），讓突如其來的死亡成為「現實一種」（〈現實一種〉）。究其極，余華以一種文學的虛無主義面向他的時代；他引領我們進入魯迅所謂的「無物之陣」，以虛擊實，瓦解了前此現實和現實主義的偽裝。

九十年代的余華開始長篇小說創作，風格也有了明顯轉變。敘事於他不再只是文字的嘉年華暴動，也開始成為探討人間倫理邊界的方法。《活著》裡的主人翁從舊社會到新社會，從人變成鬼，從鬼又變成人，兀自無奈卻又強韌的活著。好死不如賴活，余華彷彿要問，什麼樣的意志力讓他的主人翁像西西弗斯（Sisyphus）般的堅此百忍，成為社會主義社會裡的荒謬英雄。

《許三觀賣血記》則思考宗族血緣迷思和社會主義家庭制度間的落差，以及「血肉之軀」與市場的勞資對價錢關係。余華的原意也許僅是訴說一場民間家庭的悲喜劇，但有意無意的，他以「賣血」的主題點出中國社會邁向市場化的先兆。鮮血不再是無價的犧牲，而是有價的商品。如果這樁買賣能夠改變家庭經濟學，也就能夠改變家庭倫理學。

而到了《呼喊與細雨》，余華深入親子關係的深層，寫成長的孤寂，傷逝的恐懼，生命無所不在的巧合與錯過。一切都是那麼的不可恃；所謂成長的意義，只不過像是細雨中隱隱傳來的淒厲的呼喊。

不論如何，余華世紀末的敘事被家庭化或馴化(domesticated)了。他的創作似乎也來到一個盤整階段。到了新世紀，蟄伏後再次出馬的余華又有驚人之筆。《兄弟》以上下冊形式出現，藉一對沒有血緣關係的兄弟的冒險故事，側寫共和國三十年來的歷史。上冊寫社會主義文化大革命的怪現狀，下冊寫後社會主義市場革命的怪現狀；上冊充滿歇斯底里的淚水，下冊充滿歇斯底里的爆笑。相互抵觸卻又互為因果。禁欲與變態，壓抑與回返，「革命」的暴力與「市場」的暴利，發展兄弟也般的關係，難分難捨。以此，余華寫出了他個人版的「兩個不能否定」。[1]

余華寫後社會主義怪現狀就算再嬉笑怒罵、詭異聳動，無非是向一個世紀以前的晚清譴責黑幕小說致敬。想想《二十年目睹之怪現狀》、《活地獄》這類小說，可以思過半矣。然而《兄弟》又必須得到重視。文化大革命四十周年了，在「和諧社會」裡，《兄弟》所誇張的社會喧囂和醜態，所仰仗的傳媒市場能量，所煽動的腥膻趣味，在在讓我們重新思考共和國與「當代文學」的互動關係。支持者看到余華拆穿一切社會門面的野心；批評者則謂之辭氣浮露，筆無藏鋒；他的小說已經是他所要批判的怪現狀的一部分了。

*

《第七天》寫的是個「後死亡」的故事。主人翁楊飛四十一歲一事無成，老婆外遇離婚，罹癌的父親失蹤，某日在餐館裡吃飯，竟然碰上爆炸，死得面目全非。這只是故事的開始。死去的楊飛發現自己還得張羅自己的後事，原來人生而

1 習近平二〇一三年在中央黨校學習班開班的講話：「不能用改革開放後的歷史時期否定改革開放前的歷史時期，也不能用改革開放前的歷史時期否定改革開放後的歷史時期。」

不平等，死也不平等。在尋覓覓的過程裡，他遇到一個又一個橫死枉死的孤魂野鬼，都在等待殯儀館、火葬場的「最後」結局。

用文學批評術語來說，余華的敘事是個標準的「陌生化」(defamilarization)過程：他藉死人的眼光回看活人的世界，發現生命的不可承受之輕：毒水毒氣毒奶泛濫，假貨假話假人當道；坐在家中得提防地層下陷，吃頓飯小心被炸得血肉橫飛；女賣身男賣腎，不該出生的嬰兒被當作「醫療垃圾」消滅，結婚在內的一切契約關係僅供參考。到處強迫拆遷，一切都在崩裂。余華的人物都不得好死，他們只有等待火葬前，爆出片刻「溫馨」的想像，想像他們的安息之地沒有污染，沒有欺騙，沒有公害……。

對《第七天》感到失望的讀者紛紛指出這本小說內容平淡，彷彿是微博總匯，沒有「賣點」。這是相當反諷的批評，可以有兩解。一方面，余華過去的作品已經把讀者的胃口養大，新作自然需要更恐怖，更令人哭笑不得的點子。另一方面，誠如余華夫子自道，我們的社會無奇不有，早已超過小說家想像所及，他只能反其道而行，告訴我們日常生活點滴就是災難，就是「現實一種」。即使如此，擺盪其間，余華似乎還沒有找到新的著力點；他不免像他筆下無處可棲的楊飛那樣，寫著寫著也顯得體氣虛浮起來。

有沒有別的方式閱讀《第七天》？我在這本小說裡看到余華和以往風格對話的努力。他顯然想擺脫《兄弟》那種極度誇張的奇觀式書寫；《第七天》既然暗含《聖經》的時間表，其實有相對工整的結構。余華回到先鋒時期的那種疏離的，見怪不怪的立場，他告訴我們生命一如殘酷劇場，我們身在其中，只能善盡芻狗的本分，承受暴力與傷痕。然而，如果先鋒時期余華寫暴力和傷痕帶有濃厚的歷史、政治隱喻，《第七天》的暴力與傷痕基本向民生議題靠攏，而且是大白話。同為批判，這代表了余華對當下現實的逼視，還是對先鋒想像的逃逸？

與此同時，《第七天》又上通余華九十年代的倫理敘事。最耐人尋味的是他對楊飛身世之謎的處理。楊飛和他的養父還有照顧他長大的鄰居夫婦之間的親情，我們讀來不感動也難。這不是社會主義版的「老吾老以及人之老，幼吾幼以及人之幼」麼？相形之下，楊飛妻子的見異思遷，不免讓我們聯想市場化所暴露的人性醜陋面。余華又花了大量篇幅寫一對社會底層的羅密歐與茱麗葉，因誤會而殉情。他們一無所有，卻義無反顧的為所愛而生，為所愛而死。

從（魯迅論晚清小說所謂的）「溢惡」到「溢美」，余華使盡力氣來完成他對當代的批判。但按照《第七天》的邏輯，一切批判還沒有展開，就成為後見之明。這樣的弔詭部分來自余華試圖經營的「後死亡敘事」。一般的鬼魅小說沿著「死亡後敘事」發展。不論傷逝悼亡，還是輪回果報、陰陽顛倒，敘事在前世與今生、肉身與亡靈的軸綫中展開，其實有一定的意義連貫性。「後死亡敘事」則視死亡如「無物」，不但架空生命，甚至架空死亡。生死和敘事在這裡不再形成互文關係。余華暗示我們的生活猶如行屍走肉，死後也不能一了百了。死亡本身成為一種詭異的「中間物」，既不完結什麼，也不開啟什麼。在這樣的意義體系裡，連傳統的「死亡」也死亡了。

《第七天》裡瀰漫著一種虛無氣息，死亡或後死亡也不算數的虛無。我以為這是余華新作的關鍵。相對於小說標題的宗教命題，《第七天》逆向思考，原應該可以發揮它的虛無觀，甚至可以帶來魯迅《野草》式的的大歡喜，大悲傷。但我們所見的，僅止於理所當然的社會批判，催淚煽情的人間故事，還有熙熙攘攘的，無墳可去的骷髏。與此同時，我們也見到傳媒的精心包裝，甚至強沒有（上市）的東西以為有，形成市場幽靈宏觀調控的最新成果。

這不禁讓我想到《十八歲出門遠行》。如前所述，余華在彼時已經埋下虛無主義種子，而且直指死亡和暴力的曖昧。當年的作家筆下更多的是興奮懞懂，是對生命烏托邦／惡托邦的率性臆想。到了《第七天》，余華似乎有意重振他的先鋒意識，卻有了一種無可如何的無力感。以往不可捉摸的「無物之陣」現在以爆炸——爆料——的形式呈現在我們眼前；很反諷的，爆出的真相就算火花四射，卻似沒有擊中我們這個時代的要害。

剩下的問題是，我們如何解讀《第七天》裡的虛無主義。十八歲的紅色背包青年出門遠行，陷入危機處處，四十一歲的楊飛則被日常生活炸到血肉橫飛，在後死亡的世界無處可歸。虛無曾是余華的敘事之矛，衝決網羅的矛，虛無現在是他的敘事之盾，架空一切的盾。[2]從一九八三來到二〇一三，三十年的余華小說也來到一個新臨界點。

王德威，文學評論家，美國哈佛大學東亞語言及文明系 Edward C. Henderson 講座教授。

2 引用南京大學黃發有教授的觀點。

目次

序／從十八歲到第七天　王德威　003
第一天　015
第二天　045
第三天　081
第四天　136
第五天　166
第六天　217
第七天　242

第一天

濃霧瀰漫之時，我走出了出租屋，在空虛混沌的城市裡孑孑而行。我要去的地方名叫殯儀館，這是它現在的名字，它過去的名字叫火葬場。我得到一個通知，讓我早晨九點之前趕到殯儀館，我的火化時間預約在九點半。

昨夜響了一宵倒塌的聲音，轟然聲連接著轟然聲，彷彿一幢一幢房屋疲憊不堪之後躺下了。我在持續的轟然聲裡似睡非睡，天亮後打開屋門時轟然聲突然消失，我開門的動作似乎是關上轟然聲的開關。隨後看到門上貼著這張通知我去殯儀館火化的紙條，上面的字在霧中濕潤模糊，還有兩張紙條是十多天前貼上去的，通知我去繳納電費和水費。

我出門時濃霧鎖住了這個城市的容貌，這個城市失去了白晝和黑夜，失去了早晨和晚上。我走向公交車站，一些人影在我面前倏忽間出現，又倏忽間消失。我小心翼翼走了一段路程，一個像是站牌的東西擋住了我，彷彿是從地裡突然生長出來。我想上面應該有一些數字，如果有203，就是我要坐的那一路公交車。我看不清楚上面的數字，舉起右手去擦拭，仍然看不清楚。我揉擦起了自己的眼睛，好像看見上面的203，我知道這裡就是公交車站。奇怪的感覺出現了，我的右眼還在原來的地方，左眼外移到顴骨的位置。接著我感到鼻子旁邊好像掛著什麼，下巴下面也好像掛著什麼，我伸手去摸，發現鼻子旁邊的就是鼻子，下巴下面的就是下巴，它們在我的臉上轉移了。

濃霧裡影影幢幢，我聽到活生生的聲音此起彼伏，猶如波動之水。我虛無縹緲地站在這裡，等待203路公交車。聽到很多汽車碰撞的聲響接踵而來，濃霧濕透我的眼睛，我什麼也沒有看見，只聽到連串車禍聚集起來的聲響。一輛轎車從霧裡衝出來，與我擦肩而去，衝向一堆活生生的聲音，那些聲音頃刻爆炸了，如同沸騰之水。

我繼續站立，繼續等待。過了一會兒，我心想這裡發生大面積的車禍，203路公交車不會來了，我應該走到下一個車站。

我向前走去，濕漉漉的眼睛看到了雪花，在濃霧裡紛紛揚揚出來時恍若光芒出來了，飄落在臉上，臉龐有些溫暖了。我站住腳，低頭打量它們如何飄落在身上，衣服在雪花裡逐漸清晰起來。

我意識到這是一個重要的日子：我死去的第一天。可是我沒有淨身，也沒有穿上殮衣，只是穿著平常的衣服，還有外面這件陳舊臃腫的棉大衣，就走向殯儀館。我為自己的冒失感到羞愧，於是轉身往回走去。

飄落的雪花讓這個城市有了一些光芒，濃霧似乎慢慢卸妝了，我在行走裡隱約看見街上來往的行人和車輛。我走回到剛才的公交車站，一片狼藉的景象出現在眼前，二十多輛汽車橫七豎八堵住了街道，還有警車和救護車；一些人躺在地上，另一些人被從變形的車廂裡拖出來；有些人在呻吟，有些人在哭泣，有些人無聲無息。這是剛才車禍發生的地點，我停留一下，這次確切看清了站牌上的203。我穿越了過去。

我回到出租屋，脫下身上不合時宜的衣服，光溜溜走到水槽旁邊，擰開水龍頭，用手掌接水給自己淨身時看到身上有一些傷口。裂開的傷口塗滿塵土，裡面有碎石子和木頭刺，我小心翼翼把它們剔除出去。

這時候放在床上枕頭旁邊的手機響了，我感到奇怪，因為欠費已被停機兩個月，現在它突然響了。我拿起手機，摁了一下接聽鍵，小聲說：

「喂。」

電話那頭傳來一個聲音：「你是楊飛嗎？」

「是我。」

「我是殯儀館的，你到哪裡了？」

「我在家裡。」

「在家裡幹什麼？」

「我在淨身。」

「都快九點鐘了，還在淨身？」

我不安地說：「我馬上來。」

「快點來，帶上你的預約號。」

「預約號在哪裡？」

「貼在你的門上。」

對方掛斷電話。我心裡有些不快，這種事情還要催促？我放下電話，繼續清洗身上的傷口。我找來一只碗，用碗接水後沖刷那些殘留在傷口裡的碎石子和木頭刺，清洗速度加快了。

淨身之後，我濕漉漉走到衣櫃那裡，打開櫃門尋找我的殮衣。裡面沒有殮衣，只有一身綢緞的白色睡衣像是殮衣，上面有著隱隱約約的印花圖案，胸口用紅線繡上的「李青」兩字已經褪色，這是那段短暫婚姻留下的痕跡。我當時的妻子李青在商店裡精心挑選了兩套中式對襟睡衣，她在自己的睡衣胸口繡上我的名字，在我的睡衣胸口繡上她的名字。那段婚姻結束之後，我沒再穿過它，現在我穿上了，感到這白色的綢緞睡衣有著雪花一樣溫暖的顏色。

我打開屋門，仔細辨認貼在門上的殯儀館通知，上面有一個「Ａ３」，心想這就是預約號。我將通知摘下來，摺疊後小心放入睡衣口袋。

我準備走去時覺得缺少了什麼，站在飄揚的雪花裡思忖片刻，想起來了，是黑紗。我孤苦伶仃，沒有人會來悼念我，只能自己悼念自己。

我返回出租屋，在衣櫃裡尋找黑布。尋找了很久，沒有黑布，只有一件黑色的襯衣，因為陳舊，黑色已經趨向灰黑色。我沒有其他的選擇，只能剪下它的一截袖管，套在左手的白色袖管上。雖然自我悼念的裝束美中不足，我已經心滿意足。

我的手機又響了。

「楊飛嗎？」

「是我。」

「我是殯儀館的，」聲音問，「你想不想燒啊？」

我遲疑了一下說：「想燒。」

「都九點半了，你遲到啦。」

「這種事情也有遲到？」我小心問。

「想燒就快點來。」

殯儀館的候燒大廳寬敞深遠，外面的濃霧已在漸漸散去，裡面依然霧氣環繞，幾盞相隔很遠的蠟燭形狀的壁燈閃爍著泛白的光芒，這也是雪花的顏色。不知為何，我見到白色就會感到溫暖。

大廳的右邊是一排排被鐵架子固定住的塑料椅子，左邊是沙發區域，舒適的沙發圍成幾個圓圈，中間的茶几上擺放著塑料花。塑料椅子這邊坐著很多候燒者，沙發那邊只有五個候燒者，他們舒適地架著二郎腿，都是一副功成名就的模樣，塑料椅子這邊的個個都是正襟危坐。

我進去時一個身穿破舊藍色衣服戴著破舊白手套的骨瘦如柴的人迎面走來，我覺得他的臉上只有骨頭，沒有皮肉。他看著我五官轉移之後的臉輕聲說：「您來了。」

我問他：「這是火葬場嗎？」

「現在不叫火葬場了，」他說，「現在叫殯儀館。」

我知道自己說錯了什麼，就像是進入一家賓館後詢問：這裡是招待所嗎？他的聲音裡有著源遠流長的疲憊，我聽出來他不是給我打電話說「我是殯儀館的」那位。我為自己的遲到道歉，他輕輕搖搖頭，用安慰的語調說今天有很多遲到的。我的預約號已過期作廢，他走到入門處的取號機上為我取號，然後將一張小紙片交給我。

我從A3推遲到A64，這個號碼上面顯示在我前面等候的有五十四位。

我問他：「今天還能燒嗎？」

「每天都有不少空號。」他說。

他戴著破舊白手套的右手指向塑料椅子這邊，意思是讓我去那裡等候，我的眼睛看著沙發那邊。他提醒我沙發那邊是貴賓區域，我的身分屬於塑料椅子這邊的普通區域。我手裡拿著A64號走向塑料椅子這裡時，聽到他自言自語的嘆息之聲：

「又一個可憐的人，沒整容就來了。」

我坐在塑料椅子裡。這位身穿藍色衣服的在貴賓候燒區域和普通候燒區域之間的通道上來回踱步，彷彿深陷在沉思裡，他腳步的節奏像是敲門的節奏。不斷有遲到的進來，他迎上去說聲「您來了」，為他們重新取號，隨後伸手一指，讓他們坐到我們這邊的塑料椅子上。有一個遲到的屬於貴賓，他陪同到沙發那邊的區域。

塑料椅子這邊的候燒者在低聲交談，貴賓區域那邊的六個候燒者也在交談。貴賓區域那邊的聲音十分響亮，彷彿是舞台上的歌唱者，我們這邊的交談只是舞台下樂池裡的伴奏。

貴賓區域裡談論的話題是壽衣和骨灰盒，他們身穿的都是工藝極致的蠶絲壽衣，上面手工繡上鮮豔的圖案，他們輕描淡寫地說著自己壽衣的價格，六個候燒貴賓的壽衣都在兩萬元以上。我看過去，他們的穿著像是宮廷裡的人物。然後他們談論起各自的骨灰盒，材質都是大葉紫檀，上面雕刻了精美的圖案，價格都在六萬元以上。他們六個骨灰盒的名字也是富麗堂皇：檀香宮殿、仙鶴宮、龍宮、鳳宮、麒麟宮、檀香西陵。

我們這邊也在談論壽衣和骨灰盒。塑料椅子這裡說出來的都是人造絲加上一些天然棉花的壽衣，價格在一千元上下。骨灰盒的材質不是柏木就是細木，上面沒有雕刻，最貴的八百元，最便宜的兩百元。這邊骨灰盒的名字卻是另外一種風格：落葉歸根、流芳千古。

與沙發那邊談論自己壽衣和骨灰盒的昂貴不同，塑料椅子這邊比較著誰的價廉物美。坐在我前排的兩位候燒者交談時知道，他們是在同一家壽衣店買的同樣的壽衣，可是一個比另一個貴了五十元。買貴了的那位唉聲嘆氣，喃喃自語：

「我老婆不會講價。」

我注意到塑料椅子這邊的候燒者也都穿上了壽衣，有些身穿明清風格的傳統壽衣，有些身穿中山裝或者西裝的現代壽衣。我只是穿上陳舊的白色中式對襟睡衣，我慶幸早晨出門時意識到臃腫的棉大衣不合適，換上這身白色睡衣，雖然寒磣，混在塑料椅子這裡也能濫竽充數。

可是我沒有骨灰盒，我連落葉歸根和流芳千古這樣的便宜貨也沒有。我開始苦惱，我的骨灰應該去哪裡？撒向茫茫大海嗎？不可能，這是偉人骨灰的去處，專機運送軍艦護航，在家人和下屬的哭泣聲中飄揚入海。我的骨灰從爐子房倒出來，迎接它們的是掃帚和簸箕，然後是某個垃圾桶。

坐在身旁的一位老者扭頭看見了我的臉，驚訝地問：「你沒有淨身，沒有整容？」

「淨身了，」我說，「我自己淨身的。」

「你的臉，」老者說，「左邊的眼珠都出去了，鼻子歪在旁邊，下巴這麼長。」

我想起來淨身時忘記自己的臉了，慚愧地說：「我沒有整容。」

「你家裡人太馬虎了，」老者說，「沒給你整容，也沒給你化妝。」

我是孤零零一個人。給予我養育之恩的父親楊金彪一年多前身患絕症不辭而別，我的生父生母遠在千里之外的北方城市，他們不知道此時此刻我已置身另外一個世界。

坐在另側身旁的一個女人聽到我們的談話，她打量起了我的衣著，她說：「你的壽衣怎麼像睡衣？」

「我穿的是殮衣。」我說。

「殮衣？」她有些不解。

「殮衣就是壽衣，」老者說，「壽衣聽上去吉利。」

我注意到了他們兩個的臉，都是濃妝豔抹，好像要去登台表演，而不是去爐子房火化。

前面的塑料椅子裡有一個候燒者對身穿藍色衣服的抱怨起來：「等了這麼久，也沒聽到叫號。」

「正在進行市長的遺體告別儀式，」身穿藍色衣服的說，「早晨燒了三個就停下了，要等市長進了爐子房，再出去後，才能輪到您們。」

「為什麼非要等到市長燒了，才燒我們？」那個候燒者問。

「這個我不知道。」

另一個候燒者問：「你們有幾個爐子？」

「兩個，一個是進口的，一個是國產的。進口的為貴賓服務，國產的為您們服務。」

「市長是不是貴賓？」

「是。」

「市長要用兩個爐子燒嗎？」

「市長應該用進口爐子。」

「進口爐子已經留給市長了，國產爐子為什麼還要留著？」

「這個我不知道，我只知道兩個爐子都停了。」

沙發區域那邊有貴賓向身穿藍色衣服的招招手，他立即快步走去。

那個貴賓問他：「市長的遺體告別還有多久？」

「我不太清楚，」他停頓一下說，「估計還有一會兒，請您耐心等候。」

一個遲到的候燒者剛剛進來，聽到他們的對話，站在通道上說：「市裡大大小小的官員，還有各區縣大大小小的官員，一千多人，一個一個向市長遺體告別，還不能走快了，要慢慢走，有的還要哭上幾聲。」

「一個市長有什麼了不起的。」那個貴賓很不服氣地說。

這個遲到的繼續說：「早晨開始，城裡的主要道路就封鎖了，運送市長遺體的車開得跟走路一樣慢，後面跟著幾百輛給市長送行的轎車，半小時的路可能要走上一個半小時。現在主要道路還在封鎖，要等到市長的骨灰送回去以後，才會放行。」

城裡主要道路封鎖了，其他的道路也就車滿為患。我想起早晨行走在濃霧裡連串的車禍聲響和此後看到的一片狼藉景象。隨即我又想起半個月前報紙電視上都是市長突然去世的消息，官方的解釋是市長因為工作操勞過度突發心臟病去世。網上流傳的是民間的版本，市長在一家五星級酒店的行政套房的床上，與一個嫩模共進高潮時突然心肌梗塞，嫩模嚇得跑到走廊上又哭又叫，忘記自己當時是光屁股。

然後我聽到沙發那邊的貴賓談論起了墓地，塑料椅子這邊也談論起了墓地。塑料椅子這邊的都是一平米的墓地，沙發那邊的墓地都在一畝地以上。或許是那邊聽到了這邊的議論，沙發那邊一個貴賓高聲說：

「一平米的墓地怎麼住？」

塑料椅子這邊安靜下來，開始聆聽沙發那邊令人瞠目的奢華。他們六個中間有五個的墓地都建立在高高的山頂，面朝大海，雲霧繚繞，都是高山仰止景行行止的海景豪墓。只有一個建立在山坳裡，那裡樹林茂密溪水流淌鳥兒啼鳴，墓碑是一塊天然石頭，在那裡扎根幾百上千年了，他說現在講究有機食品，他的是有機墓碑。另外五個的墓碑有兩個是實體的縮小版，一個是中式庭院，一個是西式別墅；還有兩個是正式的墓碑，他們聲稱不搞那些花裡胡哨的東西。最後一個說出來讓大家吃了一驚，他的墓碑竟然是天安門廣場上的人民英雄紀念碑，而且尺寸大小一樣，只是紀念碑上面毛澤東手跡的「人民英雄永垂不朽」，改成了「李峰同志永垂不朽」，也是毛澤東的手跡，是他的家人從毛澤東的手跡裡面找出來「李峰同志」四個字，放大後刻到墓碑上面。

他補充道：「李峰同志就是我。」

有一個貴賓對他說：「這個有風險，說不定哪天被政府拆了。」

「政府那邊已經花錢搞定，」他胸有成竹地說，「只是不能讓記者曝光，我的家屬已經派出十二人對記者嚴防死守，十二個人剛好是部隊一個班的編制，有一個警衛班保護我，我可以高枕無憂。」

這時候燒大廳的兩排頂燈突然亮了，黃昏時刻變成正午時刻，身穿藍色衣服的這位急忙走向大門。

市長進來了，他一身黑色西裝，裡面是白色襯衣，繫著一根黑色領帶。他面無表情地走過來，臉上化了濃妝，眉毛又黑又粗，嘴唇上抹了鮮豔的口紅。身穿藍色衣服的迎上去，殷勤地指引他：「市長，請您到豪華貴賓室休息一下。」

市長微微點點頭，跟隨身穿藍色衣服的向前走去，大廳裡面有兩扇巨大的門徐徐打開，市長走進去之後，兩扇門徐徐闔上。

沙發那邊的貴賓們沒有了聲音，豪華貴賓室鎮住了沙發貴賓區，金錢在權力面前自慚形穢。

我們塑料椅子這邊的聲音仍然在起伏，談論的仍然是墓地。大家感慨現在的墓地比房子還要貴，地段偏遠又擁擠不堪的墓園裡，一平米的墓地竟然要價三萬元，而且只有二十五年產權。房價雖貴，好歹還有七十年產權。一些候燒者憤憤不平，另一些候燒者憂心忡忡，他們擔心二十五年以後怎麼辦？二十五年後的墓地價格很可能貴到天上去了，家屬無力續費的話，他們的骨灰只能去充當田地裡的肥料。

坐在前排的一個候燒者傷心地說：「死也死不起啊！」

我身旁的那位老者平靜地說：「不要去想以後的事。」

老者告訴我，他七年前花了三千元給自己買了一平米的墓地，現在漲到三萬元了。他為自己當初的遠見高興，如果是現在，他就買不起墓地了。

他感慨道：「七年漲了十倍。」

候燒大廳裡開始叫號了。顯然市長已經燒掉，他的骨灰盒上面覆蓋著黨旗，安放在緩緩駛去的黑色殯儀車裡，後面有幾百輛轎車緩緩跟隨，被封鎖的道路上哀樂響起……貴賓號是V字頭的，普通號是A字頭的，我不知道市長級別的豪華貴賓號是什麼字母打頭，可能豪華貴賓不需要號碼。

屬於V的六個貴賓都進去了，屬於A的叫得很快，就如身穿藍色衣服的所說，有很多空號，有時候一連叫上十多個都是空號。這時候我發現身穿藍色衣服的站在我旁邊的走道上，我抬起頭來看他時，他疲憊的聲音再次響起：

「空號的都沒有墓地。」

我沒有骨灰盒，沒有墓地。我詢問自己：為什麼要來這裡？

我聽到了A64，這是我的號碼，我沒有起身。A64叫了三遍後，叫A65了，身旁的女人站了起來，她穿著傳統壽衣，好像是清朝的風格，走去時兩個大袖管搖搖擺擺。

身旁的老者還在等待，還在說話。他說自己的墓地雖然有些偏遠，交通也不方便，可是景色不錯，前面有一片不大的湖水，還有一些剛剛種下的樹苗。他說自己去了那裡以後不會出來，所以偏遠和交通不方便都不是問題。然後他打聽我的墓地是在哪個墓園。

我搖搖頭說：「我沒有墓地。」

「沒有墓地，你到哪裡去？」他驚訝地問。

我感到自己的身體站了起來，身體帶著我離開了候燒大廳。

我重新置身於瀰漫的濃霧和飄揚的雪花裡，可是不知道去哪裡。我疑慮重重，知道自己死了，可是不知道是怎麼死的。

我行走在若隱若現的城市裡，思緒在縱橫交錯的記憶路上尋找方向。我思忖應該找到生前最後的情景，這個最後的情景應該在記憶之路的盡頭，找到它也就找到了自己的死亡時刻。我的思緒借助身體的行走穿越了很多像雪花一樣紛紛揚揚的情景之後，終於抵達了這一天。

這一天，似乎是昨天，似乎是前天，似乎是今天。可以確定的是，這是我在那個世界裡的最後一天。我看見自己迎著寒風行走在一條街道上。

我向前走去，走到市政府前的廣場。差不多有兩百多人在那裡抗議暴力拆遷，他們沒有打出抗議的橫幅，沒有呼喊口號，只是在互相講述各自的不幸。我聽出來了，他們是不同強拆事件的受害者，我從他們中間走過去。一位老太太流著眼淚說她只是出門去買菜，回家後發現自己的房子沒有了，她還以為走錯了地方。另外一些人在講述遭遇深夜強拆的恐怖，他們在睡夢中被陣陣巨響驚醒，房屋搖晃不止，他們以為是發生了地震，倉皇逃出來時才看到推土機和挖掘機正在摧毀他們的家園。有一個男子聲音洪亮地講述別人難以啟口的經歷，他和女友正在被窩裡做愛的時候，突然房門被砸開了，闖進來幾個彪形大漢，用繩子把他們捆綁在被子裡，然後連同被子把他們兩個抬到一輛車上，那輛汽車在城市的馬路上轉來轉去，他和女友在被捆綁的被子裡嚇得魂飛魄散，不知道汽車要把他們帶到什麼地方。汽車在這個城市轉到天亮時才回到他們的住處，那幾個彪形大漢把他們從汽車裡抬出來扔在地上，解開捆綁他們的繩子，扔給他們幾件別人的衣服，他們兩個在被子裡哆嗦地穿上了別人的衣服，有幾個行人站在那裡好奇地看著他們，他們穿上衣服從被子裡站起來時，他看到自己的房屋已經夷為平地，他的女友嗚嗚地哭上了，說以後再也不和他睡覺了，說和他睡覺比看恐怖電影還要恐怖。

他告訴周圍的人，房屋沒有了，女友沒有了，他的性欲在那次驚嚇裡也是一去不回。他伸出四根手指說，為了治療自己的陽痿已經花去四萬多元，西藥中藥正方偏方吃了一大堆，下面仍然像是一架只會滑行的飛機。

有人問他：「是不是剛起飛就降落了？」

「哪有這麼好的事，」他說，「只會滑行，不會起飛。」

有人喊叫：「讓政府賠償。」

他苦笑地說：「政府賠償了我被拆掉的房屋，沒賠償我被嚇跑的性欲。」

有人建議：「吃偉哥吧。」

他說：「吃過，心臟倒是狂跳了一陣，下面還是只會滑行。」

我在陣陣笑聲裡走了過去，覺得他們不像是在示威，像是在聚會。我走過市政府前的廣場，經過兩個公交車站，前面就是盛和路。

那個時刻我走在人生的低谷裡。妻子早就離我而去，一年多前父親患上不治之症，為了給父親治病，我賣掉房屋，為了照顧病痛中的父親，我辭去工作，在醫院附近買下一個小店鋪。後來父親不辭而別，消失在茫茫人海裡。我出讓店鋪，住進廉價的出租屋，大海撈針似的尋找我的父親。我走遍這個城市的所有角落，眼睛裡擠滿老人們的身影，唯獨沒有父親的臉龐。

沒有了工作，沒有了房屋，沒有了店舖，我意志消沉。當我發現銀行卡上的錢所剩不多時，不得不思索起了以後的生活，我才四十一歲，還有不少時光等待我去打發。我通過一個課外教育的仲介公司找到一份家教的工作，我的第一個學生住在盛和路上，我與她的父親通了電話，電話那端傳來沙啞和遲疑的聲音，說他女兒叫鄭小敏，小學四年級，成績很好。說他們夫婦兩人都在工廠上班，收入不多，承擔我每小時五十元的家教費有點困難。他聲音裡的無奈很像我的無奈，我說每小時三十元吧，他停頓一會兒後連著說了三聲謝謝。

我們約好這天下午四點鐘第一次上課。我去髮廊理了頭髮，回家刮了鬍子，然後穿上乾淨的衣服，外面是一件棉大衣。我的棉大衣是舊的，裡面的衣服也是舊的。

我走到熟悉的盛和路，知道前面什麼地方有一家超市，什麼地方有星巴克，什麼地方有麥當勞，什麼地方有肯德基，什麼地方有一條服裝街，什麼地方有幾家什麼飯館。

我走過這些地方，眼前突然陌生了，一片雜亂的廢墟提醒我，盛和路上三幢陳舊的六層樓房沒有了，我要去做家教的那戶人家應該在中間這一幢裡。

我前幾天經過時還看見它們聳立在那裡，陽台上晾著衣服，有幾條白色的橫幅懸掛在三幢樓房上，橫幅上面寫著黑色的字——「堅決抵制強拆」、「抗議暴力拆遷」、「誓死捍衛家園」。

我看著這片廢墟，一些衣物在鋼筋水泥裡隱約可見，兩輛鏟車和兩輛卡車停在旁邊，還有一輛警車，有四個警察坐在暖和的車裡面。

一個身穿紅色羽絨服的小女孩孤零零坐在一塊水泥板上，斷掉的鋼筋在水泥板的兩側彎彎曲曲。書包依靠著她的膝蓋，課本和作業本攤開在腿上，她低頭寫著什麼。她早晨上學時走出自己的家，下午放學回來時她的家沒有了。她沒有看見自己的家，也沒有看見自己的父母，她坐在廢墟上等待父母回來，在寒風裡哆嗦地寫著作業。

我跨上全是鋼筋水泥的廢墟，身體搖晃著來到她的身旁，她抬起頭看著我，她的臉蛋被寒風吹得通紅。

我問她：「你不冷嗎？」

「我冷。」她說。

我伸手指指不遠處的肯德基，我說那裡面暖和，可以去那裡做作業。

她搖搖頭說：「爸爸媽媽回來會找不到我的。」

她說完低下頭，繼續在自己雙腿組成的桌子上做作業。我環顧廢墟，不知道要去做家教的那戶人家在什麼位置。

我再次問她：「你知道鄭小敏的家在哪裡？」

「就在這裡，」她指指自己坐著的地方說，「我就是鄭小敏。」

我看到她驚訝的表情，告訴她我是約好了今天來給她做家教的。她點點頭表示知道這件事，茫然地看看四周說：

「爸爸媽媽還沒有回來。」

我說：「我明天再來吧。」

「明天我們不會在這裡。」她提醒我，「你給我爸爸打電話，他知道我們明天在哪裡。」

「好的，」我說，「我給他打電話。」

我步履困難地離開這堆破碎的鋼筋水泥，聽到她在後面說：「謝謝老師。」第一次聽到有人叫我老師，我回頭看看這個身穿紅色羽絨服的小女孩，她坐在那裡，讓鋼筋水泥的廢墟也變得柔和了。

我走回到市政府前的廣場，已經有兩三千人聚集在那裡，他們打出橫幅，呼喊口號，這時像是在示威了。廣場的四周全是警察和警車，警方已經封鎖道路，禁止外面的人進入廣場。我看見一個示威者站在市政府前的台階上，他舉著擴音器，對著廣場上情緒激昂的示威人群反覆喊叫著：

「安靜！請安靜……」

他喊叫了幾分鐘後，示威人群漸漸安靜下來了。他左手舉著擴音器，右手揮舞著說：

「我們是來要求公平正義的，我們是和平示威，我們不要做出過激行為，我們不能讓他們抓到把柄。」

他停頓了一下，繼續說：「我要告訴大家，今天上午發生在盛和路的強拆事件，有一對夫妻被埋在廢墟裡，現在生死不明……」

一輛駛來的麵包車停在我身旁，跳下七、八個人，他們的上衣口袋鼓鼓囊囊，我看出來裡面塞滿了石子，他們走到封鎖道路的警察前，從褲袋裡掏出證件給警察看一下後就長驅直入。我看到他們先是大搖大擺地走過去，隨後小跑起來，他們跑到市政府前的台階上，開始喊叫了：

「砸了市政府……」

他們掏出口袋裡的石子砸向市政府的門窗，我聽到玻璃破碎的響聲從遠處傳來。警察從四面八方湧進廣場，驅散示威的人群。廣場上亂成一團，示威者四下逃散，試圖和警察對峙的被按倒在地。那七、八個砸了市政府門窗的人一路小跑過來，他們向站在我前面的兩個警察點點頭後跳上麵包車，麵包車疾駛而去時，我看清這是一輛沒有牌照的麵包車。

晚上的時候，我坐在一家名叫譚家菜的飯館裡。這家飯館價廉味美，我經常光顧，我的每次光顧只是吃一碗便宜的麵條。我用飯館收銀台上面的電話給鄭小敏父親的手機打了幾個電話，對方始終沒有接聽，只有嘟嘟的回鈴音。

電視裡正在報導下午發生的示威事件。電視裡說少數人在市政府廣場前聚眾鬧事，打砸市政府，煽動不明真相的群眾，警方依法拘留了十九個涉嫌危害公共安全的人，事態已經平息。電視沒有播放畫面，只是一男一女兩個新聞主播在說話。一段廣告之後，電視裡出現了市政府新聞發言人西裝革履的模樣，他坐在沙發裡接受電視台記者的採訪，記者問一句，他答一句，兩個人都是在重複剛才新聞主播說過的話。然後記者問他盛和路拆遷中是否有一對夫妻被埋在廢墟裡，他矢口否認，說完全是謠言，造謠者已被依法拘留。接下去這位新聞發言人歷數市政府這幾年來在民生建設方面的卓越成就。

坐在旁邊桌子的一個正在喝酒的男子大聲喊叫：「服務員，換台。」

一個服務員拿著搖控器走過來換台，新聞發言人沒了，一場足球比賽占據了電視畫面。

這個男子扭過頭來對我說：「他們說的話，我連標點符號都不信。」

我微微一笑，低頭繼續吃著麵條。在我父親病重的時候，我曾經攙扶他來過這裡，我們坐在樓下的角落裡，我點了父親平時愛吃的菜，我父親吃了幾口後就吃不下去了，我勸說他再吃一點，他順從地點點頭，艱難地再吃幾口，接著就嘔吐了。我歉意地向服務員要了餐巾紙，將父親留在桌子和地上的嘔吐物擦乾淨，然後攙扶父親離開，我對飯店的老闆說：

「對不起。」

飯店老闆輕輕搖搖頭說：「沒關係，歡迎下次再來。」

父親不辭而別後，我一個人來到這裡，還是坐在角落裡，傷感地吃著麵條。這位老闆走過來，在我對面坐下，詢問我父親的情況，他竟然記住了我們。那一次我情緒失控，講述了我的身世，說父親得了絕症後為了不拖累我，獨自一人走了。他什麼話也沒說，只是同情地看著我。

後來我每次來到這裡，吃完一碗便宜的麵條後，他都會送我一個果盤，坐下來和我說話。

這位老闆名叫譚家鑫，夫妻兩人和女兒女婿共同經營這家飯店，樓上是包間，樓下是散座。他們來自廣東，他有時會對我感嘆，他們一家人在這個城市裡人生地不熟，沒有關係網，生意很難做。我看到他的飯店裡人來人往生意興隆，以為他每天掙錢不少，可是他整日愁眉不展。有一次他對我說，公安的、消防的、衛生的、工商的、稅務的時常來這裡大吃大喝，吃完後不付錢，只是記在帳上，到了年底的時候讓一些民營公司來替他們結帳。他說剛開始還好，百分之七八十的欠帳還能結清，這幾年經濟不景氣，很多公司倒閉了，來替他們結帳的公司愈來愈少，他們還是照樣來大吃大喝。他說，他的飯店看上去生意不錯，其實已經入不敷出。他說，政府部門裡的人誰都不敢得罪。

我吃完麵條的時候，有人換台了，電視畫面再次出現下午示威事件的報導。電視台的一位女記者在街上採訪了幾位行人，這幾位行人都表示反對這種打砸市政府的暴力行為。然後一位教授出現在電視畫面上，他是我曾經就讀過的大學的法律系教授，他侃侃而談，先是指責下午發生的暴力事件，此後說了一堆民眾應該相信政府理解政府支持政府的話。

譚家菜的老闆譚家鑫走過來送我一個果盤，他說：

「你有些日子沒來了。」

我點點頭。可能是我神色暗淡，他沒有像往常那樣坐下來和我說話，將果盤放下後轉身離去。

我慢慢地吃著削成片狀的水果，拿起一張當天的報紙，這是別人留在桌子上的。我隨手翻了幾頁後，報紙上的一張大幅照片抓住了我的眼睛，這是一位仍然美麗的女人的半身像，她的眼睛在報紙上看著我，我在心裡叫出她的名字——李青。

然後我看到報紙上的標題，這位名叫李青的女富豪昨天在家中的浴缸裡割腕自殺。她捲入某位高官的腐敗案，報紙上說她是這位高官的情婦，紀檢人員前往她家，準備把她帶走協助調查時，發現她自殺了。報紙上的文字黑壓壓地如同布滿彈孔的牆壁堵住我的眼睛，我艱難地讀著這些千瘡百孔般的文字，有些字突然不認識了。

這時候飯店的廚房起火了，濃煙滾滾而出，在樓下吃飯的人發出了驚慌的叫聲，我抬起頭來，看著他們一個個拔腿往外跑去。譚家鑫堵在門口，大聲喊叫著要顧客先付錢，幾個顧客推開他逃到外面。譚家鑫還在喊叫，他的妻子和女兒女婿跑過去堵在門口，還有幾個服務員也過去堵在那裡。顧客和他們推搡起來，好像還有叫罵聲。我低下頭繼續讀著那些黑壓壓的文字，飯店裡聲響愈來愈大，我再次抬起頭，看到樓上包間裡的人也在跑下來，譚家鑫一家人堵住門口，繼續大聲喊叫著要顧客付錢。沒有人付錢，他們撞開譚家鑫一家人倉皇逃到街上。有幾個顧客搬起椅子砸開窗戶跳窗而逃，接下去飯店的服務員也一個個跳窗而逃了。

我沒有在意飯店裡亂糟糟的場景，繼續讀著報紙上的文章，只是不斷地抬頭看一看，後來是煙霧讓我看不清報紙上的黑字，我揉起了眼睛，看著幾個穿著工商制服或者是稅務制服的人從樓上包間裡跑下來，他們穿過一片狼藉的大廳，喝斥堵在門口的譚家鑫一家人，譚家鑫遲疑之後，給他們讓出一條路，他們罵罵咧咧地逃到大街上。

譚家鑫一家人繼續堵在門口，我看到譚家鑫的眼睛在煙霧裡瞪著我，他好像在對我喊叫什麼，隨即是一聲轟然巨響。

我來到了記憶之路的盡頭，不管如何努力回想，在此之後沒有任何情景，蛛絲馬跡也沒有。譚家鑫的眼睛瞪著我，以及隨後的一聲轟然巨響，這就是我能夠尋找到的最後情景。

在這個最後的情景裡，我的身心淪陷在這個名叫李青的女人的自殺裡，她是我曾經的妻子，是我的一段美好又心酸的記憶。我的悲傷還來不及出發，就已經到站下車。

雪花還在飄落，濃霧還沒散去，我仍然在行走。我在疲憊裡愈走愈深，我想坐下來，然後就坐下了。我不知道是坐在椅子裡，還是坐在石頭上。我的身體搖搖晃晃坐在那裡，像是超重的貨船坐在波動的水面上。

一個雙目失明的死者手裡拿著一根枴杖，敲擊著虛無縹緲的地面走過來，走到我跟前站住腳，自言自語說這裡坐著一個人。我說是的，這裡是坐著一個人。他問我去殯儀館怎麼走？我問他有沒有預約號。他拿出一張紙條給我看，上面印有A52。我說他可能走錯方向了，應該轉身往回走。他問我紙條上寫著什麼，我說是A52。他問是什麼意思，我說到了殯儀館要叫號的，你的號是A52。他點點頭轉身走去，枴杖敲擊著沒有回聲的地面遠去之後，我懷疑給這個雙目失明的死者指錯了方向，因為我自己正在迷失之中。

第二天

一個陌生女人的聲音在呼喚我的名字：「楊飛——」

呼喚彷彿飛越很遠的路途，來到我這裡時被拉長了，然後像嘆息一樣掉落下去。我環顧四周，分辨不清呼喚來自哪個方向，只是感到呼喚折斷似的一截一截飛越而來。

「——楊飛——楊飛——」

我似乎是在昨天坐下的地方醒來，這是正在腐朽中的木頭長椅，我坐在上面，有一種搖搖欲墜的感覺，過了一會兒長椅如石頭般安穩了。雨水在飛揚的雪花中紛紛下墜，橢圓形狀的水珠破裂後彈射出更多的水珠，有的繼續下墜，有的消失在雪花上。

我看見那幢讓我親切的陳舊樓房在雨雪的後面時隱時現，樓房裡有一套一居室記錄過我和李青的身影和聲息。冥冥之中我來到這裡，坐在死去一般寂靜的長椅裡，雨水和雪花的下墜和飄落也是死去一般寂靜。我坐在這寂靜之中，感到昏昏欲睡，再次閉上眼睛。然後看見了美麗聰明的李青，看見了我們曇花一現的愛情和曇花一現的婚姻。那個世界正在離去，那個世界裡的往事在一輛駛來的公交車上，我第一次見到李青的情景姍姍而來。

我的身體和其他乘客的身體擠在一起搖搖晃晃，坐在我身前的一個乘客起身下車，我側身準備坐下之時，一個身影迅速占據了應該屬於我的座位。我驚訝這個身影捕捉機會的速度，隨即看見她美麗的容貌，那種讓人為之一驚的美麗。她的臉微微仰起，車上男人的目光在她臉上流連忘返，可是她的表情旁若無人，似乎正在想著什麼。我心想她搶占了我的座位，卻沒有看我一眼。不過我很愉快，在擁擠嘈雜的路途上可以不時欣賞一下她白皙的膚色和精美的五官。大約五站路程過去後我擠向車門，公交車停下車門打開，下車的人擠成一團，我像是被公交車倒出去那樣下了車。我走在人行道上時，感覺一陣輕風掠過，是她快步從我身旁超過。我在後面看著她揚動的衣裙，她走去的步伐和甩動的手臂幅度很大，可是飄逸迷人。我跟著她走進一幢寫字樓，她快步走進電梯，我沒有趕上電梯，電梯門闔上時我看著她的眼睛，她的眼睛看著電梯外面，卻沒有看我。

我發現和她是在同一家公司工作，那時候我剛剛參加工作。我是公司裡一個不起眼的員工，她是明星，有著引人矚目的美麗和聰明。公司總裁經常帶著她出席洽談生意的晚宴，她經歷了很多商業談判。那些商業談判晚宴的主要話題是談論女人，生意上的事只是順便提及。她發現談論女人能夠讓這些成功男人情投意合，幾小時前還是剛剛認識，幾小時後已成莫逆之交，生意方面的合作往往因此水到渠成。據說她在酒桌上落落大方巧妙周旋，讓那些打她主意的成功男人被拒絕了還在樂呵呵傻笑，而且她酒量驚人，能夠不斷乾杯讓那些客戶一個個醉倒在桌子底下，那些爛醉如泥的客戶喜歡再次被李青灌得爛醉如泥，他們在電話裡預約下一次晚宴時會叮囑我們的總裁：

「別忘了把李青帶來。」

公司裡的姑娘嫉妒她，中午的時候她們常常三五成群聚在窗前吃著午餐，悄聲議論她不斷失敗的戀愛。她的戀愛對象都是市裡領導們的兒子，他們像接力棒一樣傳遞出這部真假難辨的戀愛史。她有時從這些嚼舌根的姑娘跟前走過，知道她們正在說著她如何被那些領導兒子們蹬掉的傳言，她仍然向她們送去若無其事的微笑，她們的閒言碎語對於她只是無需打傘的稀疏雨點。她心高氣傲，事實是她拒絕了他們，不是他們蹬掉了她。她從來不向別人說明這些，因為她在公司裡沒有一個朋友，表面上她和公司裡所有的人關係友好，可是心底裡她始終獨自一人。

很多男子追求她，送鮮花送禮物，有時候會同時送來幾份，她都是以微笑的方式彬彬有禮抵擋回去。我們公司裡的一個鍥而不捨，送鮮花送禮物送了一年多都被她退回後，竟然以破釜沉舟的方式求愛了。在一個下班的時間裡，公司裡的人陸續走向電梯，他手捧一束玫瑰當眾向她跪下。這個突然出現的情景讓我們瞠目結舌，就在大家反應過來為他的勇敢舉動歡呼鼓掌時，她微笑地對他說：

「求愛時下跪，結婚後就會經常下跪。」

他說：「我願意為你下跪一輩子。」

「好吧，」她說，「你在這裡下跪一輩子，我一輩子不結婚。」

她說著繞過下跪的他走進電梯，電梯門闔上時她微笑地看著外面，那一刻她的眼睛看到了我。她看見我不安的眼神，她的冷酷，也許應該是冷靜，讓我有些不寒而慄。

歡呼和掌聲不合時宜了，漸漸平息下來。下跪的求愛者尷尬地看了看我們，他不知道應該繼續跪著，還是趕緊起身走人。我聽到一些奇怪的笑聲，幾個女的掩嘴而笑，幾個男的互相看著笑出嘿嘿的聲音，他們走進電梯，電梯門闔上後裡面一陣大笑，大笑的聲音和電梯一起下降，下降的笑聲裡還有咳嗽的聲音。

我是最後一個離開的，當時他還跪在那裡，我想和他說幾句話，可是不知道應該說些什麼。他看看我，臉上掛著苦笑，好像要說些什麼，結果什麼也沒說。他低下頭，把那束玫瑰放在地上，緊挨著自己的膝蓋。我覺得不應該繼續站在那裡，走進空無一人的電梯，電梯下降時我的心情也在下降。

他第二天沒來公司上班，所以公司裡笑聲朗朗，全是有關他下跪求愛的話題，男男女女都說他們來上班時充滿好奇，電梯門打開時想看看他是否仍然跪在那裡。他沒有跪在那裡讓不少人感到惋惜，似乎生活一下子失去不少樂趣。下午的時候他辭職了，來到公司樓下，給他熟悉的一位同事打了一個電話，這位同事拿著電話說：

「我正忙著呢。」

這位放下電話後，揮舞雙手大聲告訴大家：「他辭職了，他都不敢上來，要我幫忙整理他的物品送下去。」

一陣笑聲之後，另一位同事接到他的電話，這一位大聲說：「我在忙，你自己上來吧。」

這一位放下電話還沒說是他打來的，笑聲再次轟然響起。我遲疑一下後站了起來，走到他的辦公桌那裡，先將桌上的東西歸類，再將抽屜裡的物品取出來放在桌上，然後去找來一個紙箱，將他的東西全部裝進去。這期間他給第三位同事打電話，我聽到第三位在電話裡告訴他：

「楊飛在整理你的東西。」

我搬著紙箱走出寫字樓，他就站在那裡，一副疲憊不堪的模樣，我把紙箱遞給他，他沒有正眼看我，接過紙箱說了一聲謝謝，轉身離去。我看著他低頭穿過馬路，消失在陌生的人流裡，心裡湧上一股難言的情緒，他在公司工作五年，可是對他來說公司裡的同事與大街上的陌生人沒有什麼兩樣。

我回到自己的辦公桌坐下後，有幾個人走過來打聽他說了什麼，他是什麼表情。我沒有抬頭，看著電腦螢幕簡單地說：

「他接過紙箱就走了。」

這一天，我們這個一千多平米的辦公區域洋溢著歡樂的情緒，我來到這裡兩年多了，第一次有這麼多人同時高興，他們回憶他昨天下跪的情景，又說起他以前的某些可笑事情，說他曾經在一個公園散步時遭遇搶劫，兩個歹徒光天化日之下走到他面前，問他附近有警察嗎？他說沒有。歹徒再問他，真的沒有？他說，肯定沒有。然後兩把刀子架在他的脖子上，要他把錢包交出來……他們哈哈笑個不停，大概只有我一個人沒有笑，後來我注意力集中在自己的工作裡，不想去聽他們的說話。有兩次因為文件要複印，我起身時與她的目光不期而遇，她就坐在我的斜對面，我立刻扭過頭去，此後不再向那裡看去。後來有幾個男的走到她面前，討好地說：

「不管怎樣，為你下跪還是值得的。」

我聽到她刻薄的回答：「你們也想試試。」

在一片哄笑裡，那幾個男的連聲說：「不敢，不敢……」

那一刻我輕輕笑了，她說話從來都是友好的，第一次聽到她的刻薄言詞，我覺得很愉快。

公司的年輕人裡面，我可能是唯一沒有追求過她的，雖然心裡有時也會衝動，我知道這是暗戀，可是自卑讓我覺得這是不可能發生的事情。我們的辦公桌相距很近，我從來沒有主動去和她說話，只是愉快地感受著她就在近旁的身影和聲息，這是隱藏在心裡的愉快，沒有人會知道，她也不會知道。她在公關部，我在行銷部，她偶爾會走過來問我幾個工作上的問題，我以正常的目光注視她，認真聽完她的話，做出自己的回答。我很享受這樣的時刻，可以大大方方欣賞她的美麗容貌。自從她用近乎冷酷的方式對待那位下跪的求愛者之後，不知為何我不敢再看她的眼睛。可是她經常走過來問我工作上的事，比過去明顯增多，每次我都是低著頭回答。

幾天後我下班晚了一點，她剛好從樓上管理層的辦公區域乘電梯下來，電梯門打開後我看見她一個人在裡面，正在猶豫是否應該進去，她按住開門鍵說：

「進來呀。」

我走進電梯，這是第一次和她單獨在一起，她問我：「他怎麼樣？」

我先是一愣，接著明白她是在問那個下跪求愛者，我說：「他看上去很累，可能在街上走了一夜。」

我聽到她的深呼吸，她說：「他這樣做太讓我尷尬了。」

我說：「他也讓自己尷尬。」

我看著電梯下降時一個一個閃亮的樓層數字。

她突然問我：「你是不是覺得我有點冷酷？」

我是覺得她有點冷酷，可是她聲音裡的孤獨讓我突然難過起來。我說：「我覺得你很孤獨，你好像沒有朋友。」

說完這話我的眼睛濕潤了。我不會在深夜時刻想到她，因為我一直告誡自己，她是一個和我沒有關係的人，可是那一刻我突然為她難過了。她的手伸過來碰了碰我的手臂，我低頭看到她遞給我一包紙巾，抽出一張後還給她時沒有看她。

此後的日子我們像以前一樣，各自上班和下班，她會經常走過來問我一些工作上的事情，我仍然用正常的目光注視她，聽她說話，回答她的問題。除此之外，我們沒有其他的交往。雖然早晨上班在公司相遇時，她的眼睛裡會閃現一絲欣喜的神色，可是電梯裡的小小經歷沒有讓我想入非非，我只是覺得這個經歷讓我們成為關係密切的同事。想到上班時可以見到她，我已經心滿意足，一點也沒有意識到她開始鍾情於我。

那個時候的姑娘們都以嫁給領導的兒子為榮，她是一個例外，她一眼就能看出那幾個紈絝子弟是不能終身相伴的。她在跟隨公司總裁出席的商業晚宴上，見識了不少成功男人背著妻子追求別的女人時的殷勤言行，可能是這樣的經歷決定了她當時的擇偶標準，就是尋找一個忠誠可靠的男人，我碰巧是這樣的人。

我在情感上的愚鈍就像是門窗緊閉的屋子，雖然愛情的腳步在屋前走過去又走過來，我也聽到了，可是我覺得那是路過的腳步，那是走向別人的腳步。直到有一天，這個腳步停留在這裡，然後門鈴響了。

那是一個春天的傍晚，公司裡空空蕩蕩，我因為有些事沒有做完正在加班工作，她走了過來。我聽到高跟鞋敲打大理石地面的聲音來到我的身旁，我抬起頭來時看到她的微笑。

「很奇怪，」她說，「我昨晚夢見和你結婚了。」

我目瞪口呆，這怎麼可能呢？我當時一句話也說不出來，她看著我，若有所思地說：

「真是奇怪。」

她說著轉身離去，高跟鞋敲打地面的聲音就像我的心跳一樣咚咚直響，高跟鞋的聲音消失後，我的心跳還在咚咚響著。

我想入非非了，接下去的幾天裡魂不守舍，夜深人靜之時一遍遍回想她說這話時的表情和語氣，小心翼翼地猜想她是否對我有意？日有所想夜有所思，有一天晚上我夢見和她結婚了，不是熱鬧的婚禮場景，而是我們兩個人手拉手去街道辦事處登記結婚的情景。第二天在公司見到她的時候，我突然面紅耳赤。她敏銳地發現這一點，趁著身旁沒人的時候，她問我：

「為什麼見到我臉紅？」

她的目光咄咄逼人，我躲開她的眼睛，膽戰心驚地說：「我昨晚夢見和你去登記結婚。」

她莞爾一笑，輕聲說：「下班後在公司對面的街上等我。」

這是如此漫長的一天，幾乎和我的青春歲月一樣長。我工作時思維渙散，與同事說話時答非所問，牆上的時鐘似乎愈走愈慢，讓我感到呼吸愈來愈困難。我苦苦熬過這拖拖拉拉的時間，終於等到了下班，可是當我站在公司對面的街上時，仍然呼吸困難，不知道她是在加班工作還是在故意拖延時間考驗我，我一直等到天黑，才看見她出現在公司的大門口，她在台階上停留片刻，四處張望，看到我以後跑下台階，躲避著來往的汽車橫穿馬路跑到我面前，她笑著說：

「餓了吧？我請你吃飯。」

說完她親熱地挽住我的手臂往前走去，彷彿我們不是初次約會，而是戀愛已久。我先是一驚，接著馬上被幸福淹沒了。

接下去的幾天裡，我時常詢問自己這是真的，還是幻覺？我們約好每天早晨在一個公交車站見面，然後一起坐車去公司。我總是提前一個多小時站在那裡，她沒有出現的時候我會忐忑不安，看見她甩動手臂快步向我走來的飄逸迷人身姿後，我才安心了，確定這不是幻覺，這是真的。

我們一起上班一起下班，十來天過去，公司裡的同事沒有注意到我們正在戀愛，他們可能和此前的我一樣，認為這是不可能發生的事。有時下班後我的工作做完，她的還沒有做完，我就坐在自己的座位上等她。

有同事走過時問我：「怎麼還不走？」

我說：「我在等李青。」

我看見這位同事臉上神祕的笑容，似乎在笑我即將重蹈他人覆轍。另外的時候她的工作做完了，我的還沒有做完，她就坐到我身旁來。走過的同事表情不一樣了，滿臉驚訝地問她：「怎麼還不走？」

她回答：「我在等他。」

我們戀愛的消息在公司裡沸沸揚揚，男的百思不解，認為李青看不上市裡領導的兒子看上我是丟了西瓜撿芝麻。他們覺得自己一點也不比我差，為此有些憤憤不平，私下裡說，鮮花插在牛糞上是真的，癩蛤蟆吃到天鵝肉也是真的。女的幸災樂禍，她們見到我時笑得意味深長，然後互相忠告，找對象不要太挑剔，差不多就行了，看看人家李青，挑來挑去結果挑了一個便宜貨。

我們沉浸在自己的愛情裡，那些針對我們的議論，用她的話說只是風吹草動。她也有氣憤的時候，當她知道他們說我是牛糞、癩蛤蟆和便宜貨時，她說粗話了，說他們是在放屁。

她凝視我的臉說：「你很帥。」

我自卑地說：「我確實是便宜貨。」

「不，」她說，「你善良、忠誠、可靠。」

我們手拉手走在夜色裡的街道上，然後長時間坐在公園僻靜之處的椅子上，她累了就會把頭靠在我肩上，我伸手摟住她的肩膀。就是在那裡，我第一次吻了她，她第一次吻了我。後來我們經常坐在她租住的小屋裡，她向我敞開自己柔弱的一面，講述跟隨公司總裁參加各個洽談生意晚宴時的艱難，那些成功男人好色的眼神和下流的言辭，她心裡厭惡他們，仍然笑臉相迎與他們不斷乾杯，然後去衛生間嘔吐，嘔吐之後繼續與他們乾杯。她與市裡領導兒子的戀愛只是傳言，她只見過三個，都是公司總裁介紹的，那三個有著不同的公子哥派頭，第一個說話趾高氣揚，第二個總是陰陽怪氣看著她，第三個剛見面就對她動手動腳，她微笑著抵抗他，他說你別裝了。她的父母遠在異鄉，她在遭遇各式各樣的委屈之後就會給他們打電話，她想哭訴，可是電話接通後她強作歡笑，告訴父母她一切都很好，讓他們放心。

她的講述讓我心疼，我雙手捧住她的臉，親吻她的眼睛，把她弄得癢癢的，她笑了。她說很早就注意到我，發現我是一個勤奮工作的人，而一個遊手好閒的同事總是將我的業績據為己有，拿去向上面彙報，我卻從不與他計較。我告訴她，有幾次我確實很生氣，要去質問他，可是話到嘴邊又說不出來。

我說：「有時我也恨自己的軟弱。」

她愛憐地摸著我的臉說：「你不會對我很強硬吧？」

「絕對不會。」

她繼續說，當公司裡的年輕男人以不同的方式追求她時，我似乎對她無動於衷，她有些好奇，就過來詢問一些工作上的事，觀察我的眼睛，可是我的眼神和公司裡其他男人看著她的眼神不一樣，只是單純的友好眼神。後來發生的那個下跪求愛者的事情讓她對我有了好感，她悄悄看著我在大家的哄笑聲裡替那個人整理物品送了下去。她停頓了一下，聲音很輕地說自己在外面愈是風頭十足，晚上回到租住的小屋愈是寂寞孤單，那個時刻她很想有一個相愛的人陪伴在身旁。當我和她在電梯裡短暫相處，我眼睛濕潤的那一刻，她突然感受到被人心疼的溫暖，後來的幾天裡她愈來愈覺得我就是那個可以陪伴在身旁的人。

然後她輕輕捏住我的鼻子，問我：「為什麼不追我？」

我說：「我沒有這個野心。」

一年以後，我們結婚了。我父親的宿舍太小，我們租了那套一居室的房子作為新房。我父親喜氣洋洋，因為我娶了這麼一個漂亮聰明的姑娘。她對我父親也很好，週末的時候接他過來住上一天，每次都是我們兩個人去接，擠上公交車以後她總能敏捷地為我父親搶到一個座位，這讓我想起第一次見到她的情景，我笑了，但是從來沒有告訴她這個。春節的時候，我們坐上火車去看望她的父母，她父母都是一家國營工廠裡的工人，他們樸實善良，很高興女兒嫁給一個可靠踏實的男人。

我們婚後的生活平靜美好，只是她仍然要跟隨公司總裁出去應酬，天黑之後我獨自在家等候，她常常很晚回家，疲憊不堪地開門進屋，滿身酒氣地張開雙臂要我抱住她，將頭靠在我的胸前休息一會兒才躺到床上去。她厭倦這些應酬，可是又不能推掉應酬，那時她已是公關部的副經理。她看不上這個副經理的職位，用她的話說只是陪人喝酒的副經理。她曾經對我說過，美麗是女人的通行證，可是這張通行證一直在給公司使用，自己一次也沒有用過。

我們在自己生活的軌道上穩步前行了兩年多，開始計畫買一套屬於自己的房子，同時決定要一個孩子，她覺得有了孩子也就有了推掉那些應酬的理由。她為此停止服用避孕藥，可是這時候我們前行的軌道上出現了障礙物。一次出差的經歷讓她真正意識到自己是什麼樣的人，也意識到我是什麼樣的人。她是一個能夠改變自己命運的人，而我只會在自己的命運裡隨波逐流。

她坐在飛機上，身旁是一個從美國留學歸來的博士，這個男人剛剛自己創業，比她大十歲，有妻子有孩子，兩個多小時的飛行期間，他滿懷激情地向她描述了自己事業的遠大前程。我想是她的美貌吸引了他，所以他滔滔不絕地說了那麼多話。她跟隨我們公司的總裁參加過很多商業談判的晚宴，這樣的經驗讓她可以提出不少有益的建議。他在迷戀她的美貌之後，開始驚歎她的細緻和敏銳，在飛機上就向她發出邀請：

「和我一起幹吧。」

下了飛機，他沒有住到自己預訂的賓館，而是搬到她住的賓館，表示要繼續向她請教，他的理由冠冕堂皇，可是我覺得他更多的仍然是貪圖她的美色。白天兩個人分別工作，晚上坐在賓館的酒吧裡討論他創業中遇到的困難，她繼續給他提供建議。她不僅為他的事業提供新的設想，還告訴他在中國做事的很多規矩，比如如何和政府部門裡的官員打交道，如何給他們一些好處。他在美國留學生活很多年，不太了解中國現實中的諸多潛規則。兩個人分手時，他再次提出和她一起幹的願望。她笑而不答，給他留下家裡的電話號碼。

那個時候她心裡出現了變化。我們公司的總裁只是認為她漂亮聰明，並不知道她的才幹和野心，她覺得飛機上相遇的這個男人能夠真正了解自己。

她回家後重新服用避孕藥，她說暫時不想要孩子。然後每個晚上都有電話打進來，她拿著電話與他交談，有時候一個多小時，有時候兩三個小時。剛開始常常是我去接電話，後來電話鈴聲響起後我不再去接。她在電話裡說的都是他公司業務上的事，他詢問她，她思考後回答他。後來她拿著電話聽他說話，自己卻很少說話。她放下電話就會陷入沉思，片刻後才意識到我坐在一旁，努力讓自己微笑一下。我預感到他們之間談話的內容發生了變化，我什麼都不說，但是心裡湧上了陣陣悲哀。

半年後他來到我們這個城市，那時候他已經辦好離婚手續。她吃過晚飯去了他所住的賓館，她出門前告訴我，是去他那裡。我在沙發上坐了一個晚上，腦子裡一片空白，裡面的思維似乎死去了。天亮的時候她才回家，以為我睡著了，小心翼翼地開門，看到我坐在沙發上，她不由怔了一下，隨後有些膽怯地走過來，在我身旁坐下。

她從來都是那麼地自信，我這是第一次見到她的膽怯。她不安地低著頭，聲音發顫地告訴我，那個人離婚了，是為她離婚的，她覺得自己應該和他在一起，因為她和他志同道合。我沒有說話。她再次說他是為她離婚的，我聽到了強調的語氣，我心想任何一個男人都願意為她離婚。我仍然沒有說話，但是知道自己已經失去她了。我明白她和我在一起只能過安逸平庸的生活，和他在一起可以開創一番事業。其實半年前我就隱約預感她會離我而去，半年來這樣的預感愈來愈強烈，那一刻預感成為了事實。

她深深吸了一口氣，對我說：「我們離婚吧。」

「好吧。」我說。

我說完忍不住流下眼淚，雖然我不願意和她分手，可是我沒有能力留住她。她抬起頭來看到我在哭泣，她也哭了，她用手抹著眼淚說：

「對不起，對不起……」

我擦著眼睛說：「不要說對不起。」

這天上午，我們兩個像往常那樣一起去了公司。我請了一天的事假，她遞交了辭職報告，然後我們去街道辦事處辦理了離婚手續。她先回家整理行李，我去銀行把我們兩個人共同的存款全部取了出來，有六萬多元，這是準備買房的錢。回家後我把錢交給她，她遲疑一下，只拿了兩萬元。我搖搖頭，要她把錢都拿走。她說兩萬元足夠了。我說這樣我會擔心的。她低著頭說我不用擔心，我應該知道她的能力，她會應付好一切的。她把兩萬元放進提包裡，剩下的四萬多元放在桌子上。然後她深情地注視起我們共同生活的屋子，她對屋子說：

「我要走了。」

我幫助她收拾衣物，裝滿了兩個大行李箱。我提著兩個箱子送她到樓下的街道上，我知道她會先去他所住的賓館，然後他們兩個一起去機場，我為她叫了一輛出租車，把兩個箱子放進後備箱。分別的時刻來到了，我向她揮了揮手，她上來緊緊抱住我，對我說：

「我仍然愛你。」

我說：「我永遠愛你。」

她哭了，她說：「我會給你寫信打電話。」

「不要寫信也不要打電話，」我說，「我會難受的。」

她坐進出租車，出租車駛去時她沒有看我，而是擦著自己的眼淚。她就這樣走了，走上她命中注定的人生道路。

我的突然離婚對我父親是一個晴天霹靂，他一臉驚嚇地看著我，我簡單地告訴他我們離婚的原因。我說和她結婚本來就是一場誤會，因為我配不上她。我父親連連搖頭，不能接受我的話。他傷心地說：

「我一直以為她是一個好姑娘，我看錯人了。」

我父親的同事郝強生和李月珍夫婦，一直以來把我當成他們自己的孩子，他們知道這個消息也是同樣震驚。郝強生一口咬定那個男的是個騙子，以後會一腳把她蹬了，說她不知好歹，說她以後肯定會後悔的。李月珍曾經是那麼地喜歡她，說她聰明、漂亮、善解人意，現在認定她是一個勢利眼，然後感嘆在這個笑貧不笑娼的社會裡，勢利的女人愈來愈多。李月珍安慰我，說這世上比她好的姑娘有的是，說她手裡就有一把。李月珍給我介紹了不少姑娘，都沒有成功。原因主要在我這裡，我和她共同生活的日子裡，她悄無聲息地改造了我，她在我心裡舉世無雙。在和那些姑娘約會的時候，我總是忍不住將她們和她比較，然後在失望裡不能自拔。

後來的歲月裡，我有時候會在電視上看到她接受採訪，有時候會在報紙和雜誌上看到有關她的報導。她讓我既熟悉又陌生，熟悉的是她的笑容和舉止，陌生的是她說話的內容和語調。我感到她似乎是那家公司的主角，她的丈夫只是配角。我為她高興，電視和報紙雜誌上的她仍然是那麼美麗，這張通行證終於是她自己在使用了。然後我為自己哀傷，她和我一起生活的三年，是她人生中的一段歪路，她離開我以後才算走上了正路。

在消失般的幽靜裡，我再次聽到那個陌生女人的呼喚聲：「楊飛——」我睜開眼睛環顧四周，雨雪稀少了，一個很像是李青的女人從左邊向我走來，她身穿一件睡袍，走來時睡袍往下滴著水珠。她走到我面前，仔細看了一會兒我的臉，又仔細看了一會兒我身上的睡衣，她看見已經褪色的「李青」兩字。然後詢問似的叫了一聲：

「楊飛？」

我覺得她就是李青，可是她的聲音為何如此陌生？我坐在長椅裡無聲地看著她，她臉上出現奇怪的神色，她說：

「你穿著楊飛的睡衣，你是誰？」

「我是楊飛。」我說。

她疑惑地望著我離奇的臉，她說：「你不像是楊飛。」

我伸手摸了摸自己的臉，左眼在顴骨那裡，鼻子在鼻子的旁邊，下巴在下巴的下面。

我說：「我忘記整容了。」

她的雙手伸過來，小心翼翼地把我掉在外面的眼珠放回眼眶裡，把我橫在旁邊的鼻子移到原來的位置，把我掛在下面的下巴咔嚓一聲推了上去。

然後她後退一步仔細看著我，她說：「你現在像楊飛了。」

「我就是楊飛，」我說，「你像李青。」

「我就是李青。」

我們同時微笑了，熟悉的笑容讓我們彼此相認。

我說：「你是李青。」

她說：「你確實是楊飛。」

我說：「你的聲音變了。」

「你的聲音也變了。」她說。

我們互相看著。

「你現在的聲音像是一個我不認識的人。」我說。

「你的聲音也像是一個陌生人。」她說。

「真是奇怪，」我說，「我是那麼熟悉你的聲音，甚至熟悉你的呼吸。」

「我也覺得奇怪，我應該熟悉你的聲音……」她停頓一下後笑了，「也熟悉你的呼嚕。」

她的身體傾斜過來，她的手撫摸起我的睡衣，摸到了領子這裡。

她說：「領子還沒有磨破。」

我說：「你走後我沒有穿過。」

「現在穿上了？」

「現在是殮衣。」

「殮衣？」她有些不解。

我問她：「你那件呢？」

「我也沒再穿過，」她說，「不知道放在哪裡。」

「你不應該再穿。」我說，「上面繡有我的名字。」

「是的，」她說，「我和他結婚了。」

我點點頭。

「我有點後悔，」她臉上出現了調皮的笑容，她說，「我應該穿上它，看看他是什麼反應。」

然後她憂傷起來，她說：「楊飛，我是來向你告別的。」

我看到她身上的睡袍還在滴著水珠，問她：「你就是穿著這件睡袍躺在浴缸裡的？」

她眼睛裡閃爍出了我熟悉的神色，她問：「你知道我的事？」

「我知道。」

「什麼時候知道的？」

「昨天，」我想了一下，「可能是前天。」

她仔細看著我，意識到了什麼，她說：「你也死了？」

「是的，」我說，「我死了。」

她憂傷地看著我，我也憂傷地看著她。

「你的眼神像是在悼念我。」她說。

「我也有這樣的感覺，」我說，「我們好像同時在悼念對方。」

她迷惘地環顧四周，問我：「這是什麼地方？」

我指指雨雪後面的那幢朦朧顯現的陳舊樓房，她定睛看了一會兒，想起來曾經記錄過我們點滴生活的那套一居室。

她問我：「你還住在那裡？」

我搖搖頭說：「你走後我就搬出去了。」

「搬到你父親那裡？」

我點點頭。

「我知道為什麼走到這裡。」她笑了。

「在冥冥之中，」我說，「我們不約而同來到這裡。」

「現在誰住在那套房子裡？」

「不知道。」

她的眼睛離開那幢樓房，雙手裹緊還在滴水的睡袍說：「我累了，我走了很遠的路來到這裡。」

我說：「我沒走很遠的路，也覺得很累。」

她的身體再次傾斜過來，坐到長椅上，坐在我的左邊。她感覺到了搖搖欲墜，她說：「這椅子像是要塌了。」

我說：「過一會兒就好了。」

她小心翼翼地坐著，身體繃緊了，片刻後她的身體放鬆下來，她說：「不會塌了。」

我說：「好像坐在一塊石頭上。」

「是的。」她說。

我們安靜地坐在一起，像是坐在睡夢裡。似乎過去了很長時間，她的聲音甦醒過來。

她問我：「你是怎麼過來的？」

「我不知道，」我想起了自己的最後情景，「我在一家餐館裡吃完一碗麵條，桌子上有一張報紙，看到關於你的報導，餐館的廚房好像著火了，很多人往外逃，我沒有動，一直在讀報紙上你自殺的消息，接著一聲很響的爆炸，後來發生的事就不知道了。」

「就是在昨天？」她問。

「也可能是前天。」我說。

「是我害死你的。」她說。

「不是你，」我說，「是那張報紙。」

她的頭靠在我的肩膀上：「可以讓我靠一下嗎？」

我說：「你已經靠在上面了。」

她好像笑了，她的頭在我肩上輕微顫動了兩下。她看見我左臂上戴著的黑布，伸手撫摸起來。

她問我：「這是為我戴的嗎？」

「為我自己戴的。」

「沒有人為你戴黑紗？」

「沒有。」

「你父親呢？」

「他走了，一年多前就走了。他病得很重，知道治不好了，為了不拖累我，悄悄走了。我到處去找，沒有找到他。」

「他是一個好父親，他對我也很好。」她說。

「最好的父親。」我說。

「你妻子呢？」

我沒有說話。

「你有孩子嗎？」

「沒有，」我說，「我後來沒再結婚。」

「為什麼不結婚？」

「不想結婚。」

「是不是我讓你傷心了？」

「不是，」我說，「因為我沒再遇到像你這樣的女人。」

「對不起。」

她的手一直撫摸我左臂上的黑布，我感受到她的綿綿情意。

我問她：「你有孩子嗎？」

「曾經想生一個孩子，」她說，「後來放棄了。」

「為什麼？」

「我得了性病，是他傳染給我的。」

我感到眼角出現了水珠，是雨水和雪花之外的水珠，我伸出右手去擦掉這些水珠。

她問我：「你哭了？」

「好像是。」

「是為我哭了？」

「可能是。」

「他在外面包二奶，還經常去夜總會找小姐，我得了性病後就和他分居了。」她嘆息一聲，繼續說，「你知道嗎？我在夜裡會想起你。」

「和他分居以後？」

「是的，」她遲疑一下說，「和別的男人完事以後。」

「你愛上別的男人了？」

「沒有愛，」她說，「是一個官員，他完事走後，我就會想起你。」

我苦笑一下。

「你吃醋了？」

「我們很久以前就離婚了。」

「他走後，我一個人躺在床上很長時間想你。」她輕聲說，「我們在一起的時候，我經常要去應酬，再晚你也不會睡，一直等我，我回家時很累，要你抱住我，我靠在你身上覺得輕鬆了……」

我的眼角又出現了水珠，我的右手再去擦掉它們。

她問我：「你想我嗎？」

「我一直在努力忘記你。」

「忘記了嗎？」

「沒有完全忘記。」

「我知道你不會忘記的，」她說，「他可能會完全忘記我。」

我問她：「他現在呢？」

「逃到澳洲去了。」她說，「剛有風聲要調查我們公司，他就逃跑了，事先都沒告訴我。」

我搖了搖頭，我說：「他不像是你的丈夫。」

她輕輕笑了，她說：「我結婚兩次，丈夫只有一個，就是你。」

我的右手又舉到眼睛上擦了一下。
「你又哭了？」她說。
「我是高興。」我說。
她說起了自己的最後情景：「我躺在浴缸裡，聽到來抓我的人在大門外凶狠地踢著大門，喊叫我的名字，跟強盜一樣。我看著血在水中像魚一樣游動，慢慢擴散，水變得愈來愈紅……你知道嗎？最後那個時刻我一直在想你，在想我們一起生活過的那套很小的房子。」
我說：「所以你來了。」
「是的，」她說，「我走了很遠的路。」
她的頭離開了我的肩膀，問我：「還住在你父親那裡？」
我說：「那房子賣了，為了籌錢給我父親治病。」
她問：「現在住在哪裡？」
「住在一間出租屋裡。」
「帶我去你的出租屋。」
「那屋子又小又破，而且很髒。」

「我不在乎。」

「你會不舒服的。」

「我很累，我想在一張床上躺下來。」

「好吧。」

我們同時站了起來，剛才已經稀少的雨雪重新密集地紛紛揚揚了。她挽住我的手臂，彷彿又一次戀愛開始了。我們親密無間地走在虛無縹緲的路上，不知道走了有多長時間，來到我的出租屋，我開門時，她看見門上貼著兩張要我去繳納水費和電費的紙條，我聽到她的嘆息，我問她：

「為什麼嘆氣？」

她說：「你還欠了水費和電費。」

我把兩張紙條撕下來說：「我已經繳費了。」

我們走進這間雜亂的小屋。她似乎沒有注意到屋子的雜亂，在床上躺了下來，我坐在床旁的一把椅子裡。她躺下後睡袍敞開了，她和睡袍都是疲憊的模樣。她閉上眼睛，身體似乎漂浮在床上。過了一會兒，她的眼睛睜開來。

她問：「你為什麼坐著？」

我說：「我在看你。」

「你躺上來。」

「我坐著很好。」

「上來吧。」

「我還是坐著吧。」

「為什麼？」

「我有點不好意思。」

她坐了起來，一隻手伸向我，我把自己的手給了她，她把我拉到了床上。我們兩個並排仰躺在那裡，我們手糾纏在一起，我聽到她勻稱的呼吸聲，恍若平靜湖面上微波在蕩漾。過了一會兒，她輕聲說話，我也開始說話。我心裡再次湧上奇怪的感覺，我知道自己和一個熟悉的女人躺在一起，可是她說話的陌生聲音讓我覺得是和一位素不相識的女人躺在一起。我把這樣的感覺告訴她，她說她也有這樣的奇怪感覺，她正和一個陌生男人躺在一起。

「這樣吧，」她的身體轉了過來，「讓我們互相看著。」

我的身體也轉過去看著她，她問我：「現在好些了嗎？」

「現在好些了。」我說。

她濕漉漉的手撫摸起了我受傷的臉，她說：「我們分手那天，你把我送上出租車的時候，我抱住你說了一句話，你還記得嗎？」

「記得，」我說，「你說你仍然愛我。」

「是這句話。」她點點頭，「你也說了一句話。」

「我說我永遠愛你。」

她和睡袍一起爬到了我的身上，我有些不知所措，雙手舉了起來，不敢去抱她。她的嘴巴對準我的耳朵濕漉漉地說：

「我的性病治好了。」

「我不是這個意思。」

「抱住我。」

我的雙手抱住了她。

「撫摸我。」

我的雙手撫摸起了她的背部、腰部和大腿，我撫摸了她的全身。她的身體濕漉漉的，我的手似乎是在水中撫摸她的身體。

我說：「你比過去胖了。」

她輕輕笑了：「是腰胖了。」

我的手流連忘返地撫摸她，然後是我的身體撫摸起了她的身體，她的身體也撫摸起了我的身體，我們的身體彷彿出現了連接的紐帶……我在床上坐了起來，看到她站在床邊，正在用手整理自己的頭髮。

她對我說：「你醒來了。」

「我沒有睡著。」

「我聽到你打呼嚕了。」

「我確實沒有睡著。」

「好吧，」她說，「你沒有睡著。」

她繫上了睡袍的腰帶，對我說：「我要走了，幾個朋友為我籌備了盛大的葬禮，我要馬上趕回去。」

我點點頭，她走到門口，打開屋門時回頭看著我，惆悵地說：「楊飛，我走了。」

第三天

我遊蕩在生與死的邊境線上。雪是明亮的，雨是暗淡的，我似乎同時行走在早晨和晚上。

我幾次走向那間出租屋，昨天我和李青還在那裡留下久別重逢的痕跡，今天卻無法走近它。我嘗試從不同方向走過去，始終不能接近它，我好像行走在靜止裡，那間出租屋可望不可即。我想起小時候曾經拉著父親的手，想方設法走到月亮底下，可是走了很長的路，月亮和我們的距離一直沒有變化。

這時候兩條亮閃閃的鐵軌在我腳下生長出來，向前飄揚而去，它們遲疑不決的模樣彷彿是兩束迷路的光芒。然後，我看見自己出生的情景。

一列火車在黑夜裡駛去之後，我降生在兩條鐵軌之間。我最初的啼哭是在滿天星辰之下，而不是在暴風驟雨之間，一個年輕的扳道工聽到我的脆弱哭聲，沿著鐵軌走過來，另一列從遠處疾馳而來的火車讓鐵軌抖動起來，他把我抱到胸口之後，那列火車在我們面前轟響隆隆疾馳而去。就這樣，在一列火車駛去之後，另一列火車駛來之前，我有了一個父親。幾天以後，我有了自己的名字——楊飛。我的這位父親名叫楊金彪。

我來到人世間的途徑匪夷所思，不是在醫院的產房裡，也不是在家裡，而是在行駛的火車的狹窄廁所裡。

四十一年前，我的生母懷胎九月坐上火車，我是她第三個孩子，她前往老家探望我那病危的外婆。火車行駛了十多個小時慢慢進站的時候，她感到腹部出現絲絲疼痛，她沒有意識到肚子裡的我已經急不可耐，因為我距離正確的出生時間還有二十多天，我前面的哥哥和姊姊都是循規蹈矩出生，她以為我也應該這樣，因此她覺得自己只是需要去一趟廁所。

她從臥鋪上下來，挺著大肚子搖晃地走向車廂連接處的廁所。火車停靠後，一些旅客揹著大包小包上車，讓她走向廁所時困難重重，她小心翼翼地從迎面而來的旅客和大包小包裡擠了過去。當她進入廁所裡，火車緩緩啟動了，那時的火車十分簡陋，上廁所是要蹲著的，一個寬敞的圓洞可以看見下面閃閃而過的一排排鐵路枕木。我的生母沒有辦法蹲下去，是肚子裡的我阻擋了她的這個動作，她只好雙腿跪下，也顧不上廁所地面的骯髒，她脫下褲子以後，剛剛一使勁，我就脫穎而出，從廁所的圓洞滑了出去，前行的火車瞬間斷開了我和生母連結的臍帶。是速度，是我下滑和火車前行的相反速度，拉斷了我和生母的連結，我們迅速地彼此失去了。

我的生母因為一陣劇痛趴在那裡，片刻後她才感到自己肚子裡空了，她驚慌地尋找我，然後意識到我已經從那個圓洞掉了出去。她艱難地支撐起來，打開廁所的門以後，對著外面等候上廁所的一位乘客哭叫起來：

「我的孩子，我的孩子……」

隨即又倒下了，那位乘客急忙對著車廂裡的人喊叫：「有人暈倒了。」

先是一個女乘務員趕來，接著列車長也趕來了。女乘務員首先發現我生母下身的鮮血，於是列車上發出緊急廣播，要求乘客裡的醫務人員馬上趕到十一號車廂。乘客裡有兩位醫生和一位護士趕了過來。我生母躺在車廂通道上，哭泣著斷斷續續求救，沒有人能夠聽明白她在說些什麼，隨即她就昏迷過去。他們把她抬到臥鋪上，三個醫務人員對她實施搶救，火車繼續高速前進。

這時候我已在那個年輕扳道工的小屋子裡，這位突然成為父親的年輕人，不知所措地看著渾身紫紅啼哭不止的我，我肚子上的一截臍帶伴隨我的啼哭不停抖動，他還以為我身上長了尾巴。隨著我的啼哭愈來愈微弱，他慢慢意識到我正在飢餓之中。那個時候已是深夜，所有的商店都已關門，那個夜晚沒有奶粉了。他焦急之時想起來一位名叫郝強生的扳道工同事的妻子三天前生下一個女孩，他用自己的棉襖裹住我，向著郝強生的家奔跑過去。

郝強生在睡夢裡被敲門聲驚醒，開門後看到他手裡抱著一團東西，聽到他焦慮地說：

「奶、奶、奶……」

迷迷糊糊的郝強生一邊揉著眼睛一邊問：「什麼奶？」

他打開棉襖讓郝強生看到嗚嗚啼哭的我，同時將我遞給郝強生。郝強生嚇了一跳，像是接過一個燙手的山芋一樣接過了我，一臉驚訝的神色抱著我走進裡面的房間，郝強生的妻子李月珍也被吵醒了，郝強生對她說了一句「是楊金彪的」。李月珍看到渾身紫紅的我就知道是剛剛出生的，她把我抱到懷中，拉起上衣後，我就安靜下來，吮吸起了來自人世間最初的奶水。

我父親楊金彪和他的扳道工同事郝強生坐在外面的房間裡，那時我父親只有二十一歲，他擦著臉上的汗水，詳細講述了發現我的經過。郝強生明白過來，說他剛才嚇懵了，因為我父親連女朋友也沒有，怎麼突然冒出一個孩子來。我父親像個傻子那樣嘿嘿笑了幾聲，接著擔心我可能是一個怪胎，他說我身上長著一根尾巴，而且是長在前面的。

李月珍在裡屋給我餵奶時聽到外面兩個剛剛做了父親的男人的談話，當我吃飽喝足呼呼睡去後，她給我穿上她女兒的一套嬰兒衣服，這是她自己縫製的，又拿了一遝舊布走到外面的屋子。

我回到了父親的懷抱。李月珍拿著那遝舊布指導我父親如何給我更換尿布，告訴他剪些舊衣服做尿布，愈舊愈好，因為愈舊的布愈是柔軟。最後她指著我肚子上那根東西說：

「這是臍帶，你明天到車站醫務室讓醫生給他剪掉，不要自己剪，自己剪怕感染。」

我沿著光芒般的鐵軌向前走去，尋找那間鐵軌旁邊搖搖晃晃的小屋，那裡有很多我成長的故事。我的前面是雨雪，雨雪的前面是層層疊疊的高樓，高樓有著星星點點的黑暗窗戶。我走向它們時，它們正在後退，我意識到那個世界正在漸漸離去。

我依稀聽到父親的抱怨聲，那麼遙遠，那麼親切，他的抱怨聲在我耳邊添磚加瓦，像遠處的高樓那樣層層疊疊，我不由微笑起來。

很長一段時間裡，我父親楊金彪固執地認為我的親生父母把我遺棄在鐵軌上是想讓我被車輪輾死，為此他常常自言自語：

「天底下還有這麼狠心的父母。」

這個固執的想法讓他格外疼愛我。自從我離開鐵軌來到他的懷抱以後，就和他形影不離。起初的時候，我在他胸口的布兜裡成長，第一個布兜是李月珍縫製的，是藍色的；後來的布兜是他自己縫製，也是藍色的。他每天出門上班時，先是將奶粉沖泡後倒入奶瓶，將奶瓶塞進胸口的衣服，貼著跳動的心臟，讓自己的體溫為奶瓶保溫。然後將我放進胸前的布兜，肩上斜挎著一隻軍用水壺，身後揹著兩個包裹，一個包裹裡面塞滿乾淨的尿布，另一個包裹準備裝上塗滿我排泄物的尿布。

他在鐵道岔口扳道時走來走去，我在他的胸前搖搖晃晃，這是人世間最為美好的搖籃，我嬰兒時期的睡眠也是最為甜蜜的，如果沒有飢餓的話，我想自己也許永遠不會在這個父親的懷抱裡醒來。當我醒來哇哇一哭，他知道我餓了，就會伸手摸出奶瓶，塞進我的嘴巴，我是在吮吸奶瓶和父親的體溫裡一天天地成長起來的。後來我餓醒後不再哇哇哭叫，而是伸手去摸他胸前的奶瓶，這個動作讓他驚喜不已，他跑去告訴郝強生和李月珍，說我是天底下最聰明的孩子。

我父親與我的成長默契配合，他知道我什麼時候是餓了，什麼時候是渴了。我渴了，他就會打開水壺喝上一口，然後嘴對嘴慢慢地將水流到我這裡。他向李月珍聲稱，他能夠分辨出我飢餓聲音和口渴聲音之間的細微區別。李月珍將信將疑，她只能按照時間來判斷自己女兒的飢餓和口渴。

他在鐵路上行走時，聞到胸前發出一陣臭味時，知道應該給我換尿布了。他就在鐵軌旁邊蹲下來，把我放在地上，在火車隆隆而過的響聲裡，用草紙擦乾淨我的屁股，給我繫上乾淨的尿布。再用鐵軌旁的泥土簡單清理掉髒尿布上的屎尿，摺疊後將它們放進另一個包裹。下班回到家中，把我放到床上後，就用肥皂和自來水清洗髒尿布。

我們的家是距離鐵軌二十多米的一間小屋，家門口上上下下晾滿了尿布，彷彿是一片片樹葉，我們的家就像是一棵張開片片樹葉的茂盛樹木。

我是在火車隆隆的響聲和搖晃震動的小屋裡成長起來的，稍微長大一些，就在父親背上繼續成長。父親胸前的布兜變成了背後的布兜，背後的布兜也在慢慢長大。

我父親心靈手巧，他學會自己裁縫衣服和織毛衣。他上班時同事們見到他都會忍不住笑出聲來，因為他揹著我一邊行走在鐵路上一邊織著我的小毛衣，他手指動作已經熟練到不需要眼睛去看。

我學會自己走路以後，我們手拉手了。週末的時候父親帶我去公園遊玩，在公園裡父親會安心放開我的手，跟隨著我到處亂跑。我和父親心有靈犀，我們兩個走在公園的小路上時，只要父親的手向我一伸，我不用看就感受到了，我的小手立刻遞給他。

回到鐵軌旁的小屋後，父親就會十分警惕，他在屋子裡做飯時，我想在屋外玩，他就用一根繩子連接我們兩個，一頭繫在他的腳上，另一頭繫在我的腳上，我在父親畫定的安全區域裡成長。我只能在家門口晃蕩，每當我看見火車駛來忍不住向前走去時，就會聽到父親在屋子裡警告的喊叫。

「楊飛，回來！」

我尋找的小屋出現了，就在兩條鐵軌飄揚遠去之時。瞬間之前還沒有，瞬間之後就有了。我看見年幼的自己，年輕的父親，還有一位梳著長辮的姑娘，我們三個人從小屋裡走出來。我的容貌似曾相識，父親的容貌記憶猶新，姑娘的容貌模糊不清。

我的童年像笑聲一樣快樂，我一點也不知道自己正在毀壞父親的人生。從我降生在鐵軌上以後，父親的生活道路一下子狹窄了。他沒有女朋友，婚姻遙不可及。父親最好的朋友郝強生和李月珍夫婦給他介紹過幾個對象，雖然事先將我的來歷告訴女方，以此說明他是一個善良可靠的男人。可是那幾個姑娘第一次見到他時，他不是在給我換尿布就是在給我織毛衣，這樣的情景讓她們微笑一會兒後轉身離去。

我四歲的時候，一位比我父親大三歲的長辮姑娘出現了，她沒有看見換尿布和織毛衣的情景，看到了一個模樣還算可愛的男孩，她伸手撫摸了我的頭髮和臉，當我叫她一聲「阿姨」後，她高興地把我抱起來，讓我坐在她的腿上。她的這些動作，讓我父親心慌意亂地看見了一絲婚姻的曙光。

他們開始約會，我沒有參與他們的約會，我被送到郝強生和李月珍夫婦的家中。他們的約會是在天黑之後沿著鐵路慢慢走過去，再慢慢走回來。我父親楊金彪是個內向害羞的人，他一聲不吭地陪著這位姑娘走過去和走回來，時常是這位姑娘打破沉默，說上一兩句話，他才發出自己的聲音，可是他的聲音常常被火車駛來的隆隆聲驅散。

他們約會的時間起初很短，沿著鐵路走上一兩個來回就結束了，然後父親來到郝強生家中把我接回去。後來會走上五、六個來回，有時候會走到凌晨時分，我已經和比我大三天的郝霞同床共枕睡著了，郝強生也招架不住躺到床上來打起呼嚕。只有李月珍耐心地坐在外面的屋子裡等待我父親的到來，簡單詢問一下他們約會的進展，再讓父親把我抱走。那些日子裡，我常常晚上在郝強生他們家裡的床上睡著，早晨在自己小屋裡的床上醒來。

這樣的狀況持續了兩個月左右，李月珍感到我父親和那位姑娘似乎沒有什麼進展，只是沿著鐵路行走的時間愈來愈長。她詳細詢問我父親約會的全部細節後，發現問題出在了什麼地方。他們兩個走到夜深人靜之時，那位姑娘走累了站住腳說出一聲再見，我有些木訥的父親點點頭後就轉身離開她，奔跑地來到郝強生家裡接我回家。

李月珍問我父親：「你為什麼不送她回家？」

我父親回答：「她和我說再見了。」

李月珍搖了搖頭，嘆了一口氣，她告訴我父親，姑娘嘴上說再見，心裡是希望送她回家。看到我父親臉上似懂非懂的表情，李月珍斬釘截鐵地說：

「你明晚送她回家。」

我父親心裡對郝強生和李月珍充滿感激，自從我降生在鐵軌之後，他們一直在幫助我們父子兩個。我父親遵照李月珍的話，第二天晚上當那位姑娘說再見後，他沒有轉身離去，而是默默地送她回到家中。在姑娘的家門口，她在深夜的月光裡第二次說了再見，這次說再見時她臉上出現愉快的神色。

他們之間的關係突飛猛進，不再等到天黑以後偷偷摸摸約會，星期天的時候兩個人大大方方並肩走進公園。他們正式戀愛了，而且是熱戀。他們開始在那間火車駛過時搖晃震動的小屋子裡約會，我想他們可能擁抱親吻了，不過也就到此為止。

他們從約會到熱戀，我一直缺席。這是李月珍的意見，她認為我插在中間會妨礙他們戀情的正常發展，我應該是水到渠成般的出現。李月珍相信，只要這位姑娘真正愛上我父親以後，就會自然地接受我的存在。那段時間裡，我幾乎是生活在李月珍的家裡，我喜歡這個家庭，我和郝霞親密無間，李月珍就像是我的母親。

當我父親和這位姑娘到了談婚論嫁的時候，他們必須談到我了。他們處於熱戀之中時，我差不多被他們兩個暫時忘記。我父親開始向她詳細講述起了我，從四年前聽到我的啼哭，把我從鐵軌上抱起來開始，講述我四年來成長時的種種趣事，他講到我的時候是一個幸福的父親，而且還是一個驕傲的父親，他講述我的種種聰明小故事，他認為我是天底下最聰明的孩子。

他從來沒有那麼長時間說過話，當他滔滔不絕地講了一個多小時以後，即將成為他妻子的這位姑娘冷靜地說：

「你不該收養這個孩子，應該把他送到孤兒院。」

我父親一下子傻了，臉上洋溢的幸福神色頃刻間變成呆滯的憂傷表情，這樣的表情在後來的一段時間裡生長在他的臉上，而不是風雨那樣一掃而過。我父親陷入到情感的掙扎之中，那時候他已經深愛這位姑娘了，當然他也愛著我，這是兩種不同的愛，他需要在這之間選擇一個放棄一個。

其實這位姑娘並非是拒絕我，她只是一個很實際的女人，二十八歲了，在那個時代已是大齡姑娘，可以選擇的男人不多，她遇到我父親，覺得他各方面都不錯，唯一的缺憾是他收養了一個棄嬰。她想到以後會有自己的孩子，我在這個家庭裡的存在可能是一件彆扭的事情。所以她說出了那句話，如果沒有我，他們的生活應該會更好。她的想法沒有錯，他們可能會有兩個以上親生的孩子，還有一個收養的孩子，這對於兩個經濟拮据的人來說，生活的負擔將會十分沉重。儘管如此，她仍然接受我的存在，只是覺得我父親當初應該把我送到孤兒院。她只是說說而已。

我父親是那種一根筋的人，他的想法一旦走入死胡同就不會出來了，他在心裡認定她不能接受我。可能他是對的，她雖然勉強接受我，但是在今後漫長的生活裡，我將會是這個家庭衝突和麻煩的導火索。我父親痛苦不堪，他就像是一條情感濕潤的毛巾，我和這位姑娘抓住這條毛巾的兩端使勁絞著，直到把裡面的情感絞乾為止。

那時候只有四歲的我對此一無所知，我還不會分辨父親看著我時已將快樂的眼神變成愛憐的眼神。那些日子，父親似乎更加疼愛我了。我那時走路已經很熟練，可是一出門父親就要把我抱在懷中，好像我還不太會走路。他向前走去時，時常將自己的臉貼在我的臉上。一貫節儉的他每天都會給我買上兩顆糖果，一顆他剝開糖紙後塞進我的嘴裡，另一顆放進我的衣服小口袋。

當他在情感上與我難捨難分的時候，他在心裡與我漸行漸遠。我年僅二十五歲的父親無論是心理上還是生理上，都需要有女人的生活。那時候他愛我，可是他更需要一個女人的愛。他在經歷痛苦的自我煎熬之後，選擇了她，放棄了我。

有一天凌晨，我在睡夢裡醒來時，看到父親坐在床頭，他俯下身來輕聲說：

「楊飛，我們去坐火車。」

我在火車響聲隆隆駛來駛去的鐵軌旁邊成長了四年，可是我沒有坐過火車。我第一次坐上火車後將臉貼在車窗玻璃上，當火車啟動駛去時，我看見月台上的人愈來愈快地後退時，我驚訝得哇哇叫了起來。然後我看見房屋和街道在快速後退，看見田野和池塘在快速後退。我發現愈近的東西後退得愈快，愈遠的東西後退得愈慢。我問父親：

「這是為什麼？」

我父親聲音憂傷地說：「不知道。」

中午的時候，父親抱起我在一個小城下了火車，我們在火車站對面的一家小店裡吃了麵條。父親給我要了一碗肉絲麵，給自己要了一碗陽春麵。我吃不下這麼一大碗的麵條，剩下的父親吃了。然後父親讓我坐著，他走到街道上向人打聽孤兒院在什麼地方。前面三個都說不清楚這地方有沒有孤兒院，第四個想了一下後告訴他一個具體的位置。

他抱著我走了很長的路，來到一座石板橋旁，橋下是一條季節河，當時是枯水期。他聽到橋對面的一幢房子裡傳來孩子們的歌聲，以為那是一家孤兒院，其實那裡是幼兒園。他抱著我站立在橋頭，我聽到橋對面樓房裡的歌聲，高興地對他說：

「爸爸，那裡有很多小朋友。」

我父親低頭朝四周看了一下，看到橋旁有一片小樹林，樹林的草叢裡有幾塊石頭，最大一塊石頭是青色的，在樹林旁，上面很平坦，他的雙手在上面擦了一會兒，擦掉塵土和一些碎石子，像是用砂紙在打磨鐵板上的鏽跡，他將石頭擦得發亮之後，把我抱起來放在石頭上，從自己的口袋裡摸出一把糖果，放進我的口袋，我驚喜地看到有這麼多的糖果，更加讓我驚喜的是父親拿出很多餅乾，將我另外三個口袋都塞滿了。然後父親取下他揹著的軍用水壺，掛在我的脖子上。他站在我面前，眼睛看著地上的草叢說：

「我走了。」

我說：「好吧。」

我父親轉身走去，不敢回頭看我，一直走到拐彎處，實在忍不住了，回頭看了我一眼，看到坐在石頭上的我快樂地搖晃著兩條小腿。

我父親坐上返回的火車，回到我們的城市時已是晚上。他下了火車後沒有去自己的小屋，而是來到那位姑娘的家中，把她叫出來後一聲不吭地向著公園的方向走去，姑娘跟在他的身後走著，她已經習慣他的沉默寡言。兩個人來到公園時，公園的大門已經鎖上了。他沿著公園的圍牆走，她繼續跟在他的身後。來到一個僻靜的地方，他站住腳，低頭講述自己這一天做了什麼，最後強調他是把我放在孤兒院的近旁。姑娘大吃一驚，不敢相信他用這樣的方式丟棄我，她甚至有些害怕。然後意識到他這樣做是出於對她的愛，她緊緊抱住他，熱烈親吻他，他也緊緊抱住她。乾柴遇上了烈火，他們急不可耐地商定，明天就去辦理登記結婚的手續。激情過去之後，我父親說他累了，回到鐵路旁的小屋裡。

這個晚上他通宵失眠，自他從鐵軌上把我抱起來以後，我們兩個第一次分開，他開始擔驚受怕，他不知道此時此刻我在哪裡，不知道孤兒院的人是否發現了我。如果沒有發現我，我可能仍然坐在那塊石頭上，可能有一條兇狠的狗在夜色裡逼近了我——

第二天我父親憂心忡忡地和那位姑娘一起走向街道的婚姻登記處，那位姑娘並不知道他心裡正在發生翻天覆地的變化，她只是覺得他滿臉倦容，她關心地詢問之後，知道他昨晚一宵沒睡，她以為這是因為激動的失眠，為此她嘴角露出了甜蜜的笑容。

我父親走到一半路程時說他很累，坐在人行道旁，雙手放在膝蓋上，隨後他的頭埋在手臂裡嗚嗚地哭泣了。那位姑娘措手不及，她呆呆地站在那裡，隱約感到了不安。我父親哭了一會兒後猛地站了起來，他說：

「我要回去，我要回去找楊飛。」

我不知道父親曾經遺棄過我，所有的情景都是他後來告訴我的，然後我在記憶深處尋找到點點滴滴。我記得自己當初很快樂，整整一個下午都坐在那塊石頭上吃著餅乾和糖果，幼兒園的孩子們放學從我面前經過時，我還在吃著，他們羨慕不已，我聽到他們對自己的父母說「我要吃糖果」「我要吃餅乾」。後來天黑了，我聽到不遠處的狗吠，開始感到害怕，我從那塊石頭上爬下來，躲在石頭後面，仍然害怕，我把掉落在草叢上的樹葉一片片撿過來，蓋在自己身上，把頭也蓋住，才覺得安全。我在樹葉的掩護裡睡著了，早晨的時候是那些孩子走向幼兒園的說話聲吵醒了我，我從葉縫裡看見太陽出來了，就重新爬到那塊石頭上，坐在那裡等待我的父親。我坐了很久，好像有人過來和我說過話，我記不起來他們和我說了一些什麼。我沒有糖果也沒有餅乾了，只有水壺裡還有一些水，餓了只能喝兩口水，後來水也沒有了。我又餓又渴又累，從石頭上爬下來，躺在後面的草叢裡，我又聽到了狗吠，再次用樹葉從頭到腳蓋住自己，然後睡著了。

我父親中午的時候來到這個小城，他下了火車後一路奔跑過來，他在遠處望過來，看到石頭上沒有我的身影。他奔跑的腳步漸漸慢了下來，他在石頭的不遠處站住腳，喪魂落魄地四下張望，就在他焦急萬分之時，聽到我在石頭後面發出睡夢裡的聲音：

「爸爸怎麼還不來接我呀？」

父親後來告訴我，當他看到我把樹葉當成被子時先是笑了隨即哭了。他揭開樹葉把我從草叢裡抱起來時，我醒來了，見到父親高興地叫著：

「爸爸你來了，爸爸你終於來了。」

父親的人生回到了我的軌道上。他從此拒絕婚姻，當然首先是拒絕那位梳著長辮的姑娘。那位姑娘十分傷心，她百思不解，跑到李月珍那裡委屈哭訴。李月珍才知道發生了什麼，她責備我父親，她說她和郝強生願意收養我，她覺得我就是她的兒子，因為我吃過她的奶。我父親羞愧地點頭，承認自己做錯了。可是當李月珍要我父親和那位姑娘重新和好，我一根筋的父親認定在我和那位姑娘之間只能選擇一個，他說：

「我只要楊飛。」

無論李月珍如何勸說，我父親都是沉默以對，李月珍生氣又無奈，她說再也不管我父親的事了。

後來我幾次見到過那位梳著長辮的姑娘，父親拉著我的手走在街道上，我見到她走過來時很高興，使勁拉拉父親的手，喊叫著「阿姨」。我父親那時候總是低著頭，拉著我快速走過去。起初那位姑娘還會對我微笑，後來她就裝著沒有看見我們，沒有聽見我的叫聲。三年以後，她嫁給了一位比她大十多歲的解放軍連長，去了遙遠的北方做隨軍家屬。

父親從此心無雜念養育我成長，我是他的一切，我們兩個相依為命度過了經歷時漫長回憶時短暫的生活。他在牆上記錄我的成長，每隔半年讓我貼牆而立，用鉛筆在我頭頂畫出一條一條的橫線。我初中時個子長得很快，他看著牆上的橫線的間距愈來愈寬，就會露出由衷的笑容。

我高一時已經和父親差不多高了，我經常微笑地向父親招招手，他嘿嘿笑著走到我身旁，我挺直身體與他比起身高。我的這個舉動持續到高三，我愈來愈高，父親愈來愈矮，我清晰地看見他頭頂的絲絲白髮，然後注意到他滿臉的皺紋，我父親過於操勞後看上去比他的實際年齡大了十歲。

那時候我父親不再是扳道工，人工道岔已被電動道岔取代，鐵路自動化了。我父親改行做了站務員，他花了很長時間才適應這份新的工作。我父親喜歡有責任的工作，他做扳道工的時候全神貫注，如果道岔扳錯了會出重大事故。做了站務員以後一下子輕鬆很多，沒有什麼責任的工作讓他時常覺得自己是大材小用。

小屋漸漸遠去，兩條飄揚而去的鐵軌也沒有回來。我仍然在自己的蹤跡裡流連忘返，我感到累了，坐在一塊石頭上。我的身體像是一棵安靜的樹，我的記憶在那個離去的世界裡馬拉松似的慢慢奔跑。

我父親省吃儉用供我從小學念到大學，我們的生活雖然清貧，但是溫暖美好。直到有一天我的生母千里迢迢來尋找我，平靜的生活才被打破。那時候我正在上大學四年級，我的生母沿著鐵路線一個城市接著一個城市尋找過來。其實四十一年前她就找過我，當時她在火車上甦醒過來後，火車已經駛出將近兩百公里，她只記得是在火車出站時生下了我，可是進了哪個車站她完全沒有印象，她託人在經過的三個車站尋找過我，沒有發現我的一絲跡象。她曾經以為我被火車輾死了，或者餓死在鐵軌上，或者被一條野狗叼走，她為此哭得傷心欲絕。此後她放棄了對我的尋找，但是心裡始終殘存著希望，希望有一個好心人發現收養了我，把我撫養長大。她五十五歲那年退休後，決定自己到南方來找我，如果這次再沒有找到我，她可能真正死心了。我們這裡的電視和報紙配合她的尋找，我的離奇出生實在是一個好故事，電視報紙渲染了我的出生故事，有一家報紙的標題稱我是「火車生下的孩子」。

我在報紙上看到生母流淚的照片，又在電視裡看到她流淚的講述，那時我預感她尋找的孩子就是我，因為她說出的年月日就是我出生的這一天，可是我心裡波瀾不驚，好像這是別人的事情，我竟然有興趣比較起她在報紙照片上流淚和電視畫面裡流淚的區別，照片上的眼淚是固定的，黏貼在她的臉頰上，而電視裡的眼淚是動態的，流到她的嘴角。我與名叫楊金彪的父親相依為命二十二年，我習慣的母親是李月珍這個母親，突然另一個母親陌生地出現了，我心裡有一種奇怪的感覺。

我父親在報紙上和電視裡仔細看了她對當時情形的講述，認定我就是她尋找的兒子。他根據報紙上提供的資訊，知道她住在哪家賓館，這天早晨他走到火車站的辦公室，給她所住的賓館打了一個電話，很順利接通了，兩個人在電話裡核對了所有的細節後，我父親聽到她的哭泣，我父親也流淚了，兩個人用嗚咽的聲音在電話裡交談了一個多小時，她不斷詢問我，我父親不斷回答，然後約好下午的時候在她所住的賓館見面。我父親回來後激動地對我說：

「你媽媽來找你了。」

他把銀行存摺裡的三千元取了出來，這是他全部的積蓄，拉上我去了我們這個城市剛剛開業的也是規模最大的購物中心，準備給我買上一套名牌西裝。他認為我應該穿得像電視裡的明星那樣，體面地去見我的生母，讓我的生母覺得，二十二年來他沒有虐待我。我父親在這個城市生活很多年，可是基本上沒有離開火車站的區域，他第一次走進這個氣派的六層購物中心，眼睛東張西望，嘴裡喃喃自語說著富麗堂皇，富麗堂皇啊。

購物中心的一層是各類品牌的化妝品，他使勁呼吸著，對我說：「這裡的空氣都這麼香。」

他走到一個化妝品櫃檯前詢問一位小姐：「名牌西裝在幾樓？」

「二樓。」小姐回答。

他意氣風發地拉著我跨上手扶電梯，彷彿他腰纏萬貫，我們來到二層，迎面就是一個著名的外國品牌店，他走過去首先看了看掛在入口處的幾排領帶的價格，他有些吃驚，對我說：

「一根領帶要兩百八十元。」

「爸爸，」我說，「你看錯了，是兩千八百元。」

我父親臉上的神色不是吃驚，是憂傷了。他囊中羞澀，木然地站在那裡。此前的日子裡，雖然生活清貧，因為省吃儉用，他始終有著豐衣足食的錯覺，那一刻他真切地感受到自己的貧窮。他不敢走進這家外國名牌店，自卑地問走過來的導購小姐：

「哪裡有便宜的西裝？」

「四樓。」

他低垂著頭走向通往上層的手扶電梯，站在上升的電梯上時，我聽到他的嘆息聲，他低聲說當初我要是沒有從火車裡掉出來就好了，這樣我的生活會比現在好很多。他從報紙和電視上知道我生母是享受副處級待遇退休的，我的生父仍然在處長的崗位上。其實我的生父只是北方那座城市裡的一名小官員而已，但是在他心目中卻是一個有權有勢的人物。

四樓都是國內品牌的男裝，他為我購買了西裝、襯衣、領帶和皮鞋，只花去了兩千六百元，比一根外國領帶還便宜了兩百元。他看到我西裝革履的神氣模樣後，剛才憂傷的神色一掃而光，豐衣足食的錯覺又回來了，他意氣風發地站在緩緩下降的手扶電梯上，居高臨下地看著下面一層廣告上一個西裝革履的外國男子，說我穿上西裝後比廣告裡的那個外國人更有風度，然後他感嘆起來，真是人靠衣裝佛靠金裝。

這天下午兩點的時候，他穿上一身嶄新的鐵路制服，我西裝革履，我們來到我生母住宿的那家三星級賓館。我父親走到前台詢問，前台的姑娘說我生母上午就出去了，一直沒有回來，可能去電視台了。前台的姑娘顯然知道我生母的故事，她看了我一眼，她不知道我是這個故事的主角。我們就在門廳的沙發上坐下來等候我的生母，這張棕色的沙發開始黑乎乎了，坐過的人太多，已經坐出了很多的油膩。我正襟危坐，擔心弄皺我的西裝，我父親也是正襟危坐，也擔心弄皺他的嶄新制服。

沒過多久，一個中年婦女走進來，她朝我們這裡看了一眼，我們認出了她，立刻站起來，她注意到我們，站住腳盯著我看。這時候前台的姑娘告訴她有人在等她，這位姑娘的左手指向我們。她知道我們是誰了，雖然她和我父親約好的時間是下午，可是她等不及了，上午就去火車站找了我父親，那時候我們正在購物中心，她沒有找到我們，她見到了郝強生，郝強生詳細告訴她，楊金彪是怎樣把我撫養成人的；她又去了我就讀的大學，她坐在我的宿舍裡，向我的同學仔細詢問了我的情況。現在她渾身顫抖地走了過來，她盯著我看，讓我覺得她的目光似乎扎進了我的臉，她走到我們面前，嘴巴張了幾下沒有聲音，眼淚奪眶而出，然後她十分困難地發出了聲音，她問我：

「你是楊飛？」

我點點頭。

她問我父親：「你是楊金彪？」

我父親也點點頭。

她哭了，一邊哭一邊對我說：「和你哥哥長得太像了，個子比你哥哥高。」

說完這話，她突然向我父親跪下了：「恩人啊，恩人啊……」

我父親趕緊把她扶到黑乎乎的棕色沙發上坐下，我生母哭泣不止，我父親也是淚流滿面。她不停地感謝我父親，每說一句感謝後，又會說一句不知道怎麼才可以感謝我父親的大恩大德，她知道我父親為了我放棄自己的婚姻生活，她聲淚俱下地說：

「你為我兒子犧牲的太多，太多了。」

這讓我父親有些不習慣，他看著我說：「楊飛也是我的兒子。」

我生母擦著眼淚說：「是的，是的，他也是你的兒子，他永遠是你的兒子。」

他們兩個人漸漸平靜下來後，我生母抓住我的手，眼睛直愣愣地看著我，她語無倫次地和我說話，每當我回答她的話時，她就會轉過頭去欣喜地告訴楊金彪：

「聲音和他哥哥一模一樣。」

我的相貌和我的聲音，讓我生母確信是她二十二年前在行駛的火車廁所裡生下的孩子。

後來的DNA親子鑒定結果證實了我是她的兒子。然後我陌生的親人們從那個北方的城市趕來了，我的生父生母，我的哥哥姊姊，還有我的嫂子和姊夫。我們城市的電視和報紙熱鬧起來，「火車生下的孩子」有了一個大團圓結局。我在電視裡看到自己侷促不安的模樣，在報紙上看到自己勉強的微笑。

好在只是熱鬧了兩天，第三天電視和報紙的熱鬧轉到警方掃黃的「驚雷行動」上。報紙說警方在夜色的掩護下對我們城市的洗浴中心和髮廊進行突擊檢查，當場抓獲涉嫌賣淫嫖娼的違法人員七十八名，其中一個賣淫女竟然是男兒身，這名李姓男子為了掙錢將自己打扮成女孩的模樣從事賣淫，他的賣淫方式十分巧妙，一年多來接客超過一百次，竟然從未被嫖客識破。這是新聞的焦點，電視和報紙的興趣離開了「火車生下的孩子」，集中到這名男扮女裝的偽賣淫女身上，只說其巧妙的賣淫方式，至於如何巧妙的細節，電視和報紙語焉不詳，於是我們城市的人們津津樂道地猜測起了五花八門的巧妙賣淫方式。

雨雪在我眼前飄灑，卻沒有來到我的眼睛和身上，我知道雨雪也在離開。我仍然坐在石頭上，我的記憶仍然在那個亂烘烘的世界裡奔跑。

我陌生的親人們返回北方的城市兩個月後，我大學畢業了。在我們相聚的時候，我的生父生母希望我畢業後去他們所在的城市工作，我的生父說他在處長的位置上還能坐四年，四年後就要退休，他趁著手裡還有些權力，為我聯繫了幾份不錯的工作。楊金彪對此完全贊同，他覺得自己是一個無權無勢的小人物，沒有辦法幫助我找到理想的工作，他認為我去了那個北方的城市可能前途無量。當時我的生父是小心翼翼地提出這個建議，他擔心楊金彪會不高興，再三說明我留在這裡工作也不錯，他可以想想辦法找到這裡的關係，讓我得到一份好工作。他沒想到楊金彪爽快地接受了他的建議，而且真誠地謝謝他為我所做的這些，反而讓他不知所措，楊金彪看到他有些尷尬的表情，糾正自己的話：

「我不應該說謝謝，楊飛也是你們的兒子。」

我的生母非常感動，她私下裡抹著眼淚對我說：「他是個好人，他真是個好人。」

我父親知道我要去的城市十分寒冷，為我織了很厚的毛衣毛褲，為我買了一件黑色的呢大衣，還買了一只很大的行李箱，把我一年四季的衣服都裝了進去，接著又將裡面很舊的衣褲取出來，上街給我買來新的，我不知道他是向郝強生和李月珍借錢給我購置這些的。然後在一個夏天的早晨，我拖著這只裝滿冬天衣服的行李箱，裡面還有那身西裝，跟在楊金彪的身後走進火車站，剪票後他才將火車票交給我，囑咐我好好保管，火車上要查票的。我們在月台上等待時，他低著頭一聲不吭，當我乘坐的火車慢慢駛進車站時，他抬起手摸了摸我的肩膀，對我說：

「有空時給我寫封信打個電話，讓我知道你很好就行，別讓我擔心。」

我乘坐的火車駛離車站時，他站在那裡看著離去的火車揮手，雖然月台上有很多人在來去，可是我覺得他是孤單一人站在那裡。

後來他在我的生活裡悄然離去之後，我常常會心酸地想起這個夏天早晨月台上的情景，我在他二十一歲的時候突然闖進他的生活，而且完全擠滿他的生活，他本來應有的幸福一點也擠不進來了。當他含辛茹苦把我養育成人，我卻不知不覺把他拋棄在月台上。

我在那個北方的城市裡開始了短暫的陌生生活。我的生父早出晚歸忙於工作和應酬，已經退休的生母與我朝夕相處，她帶著我走遍那個城市值得一看的風景，還順路去了十來個以前的同事家中，把她失散二十二年的兒子展覽給他們，他們為我們母子團聚感到高興，更多的還是好奇。我生母滿面春風向他們講述如何找到我的故事，說到動情處眼圈紅了，剛開始我侷促不安，後來慢慢習慣了。我感到自己就像是一件失而復得的商品，沒有什麼知覺地聆聽生母講述失去的痛苦和找到的喜悅。

我在這個新家庭裡剛開始像是一個貫客，我的生父生母，我的哥哥嫂子，我的姊姊姊夫時常對我噓寒問暖，兩週以後我意識到自己是一個不速之客。我們擁擠在一套三居室的房子裡，我的生父和生母，我的哥哥和嫂子，我的姊姊和姊夫占去了三個房間，我睡在狹窄客廳的摺疊床上，晚上睡覺前先將餐桌推到牆邊，再打開我的摺疊床。每天早晨我還在睡夢中時，我的生母就會把我輕輕叫醒，讓我盡快起床收起摺疊床，將餐桌拉過來，要不一家人沒有地方吃早餐了。我的生母有些過意不去，她安慰我，說我哥哥的單位馬上要分房，我姊夫的單位也馬上要分房，他們搬走後，我就可以有一個自己的房間。

我的這個新家庭經常吵架，哥哥和嫂子吵架，姊姊和姊夫吵架，我生母和我生父吵架，有時候全家吵架，混亂的情景讓我分不清誰和誰在吵架。有一次為我吵架了，這次吵架發生在我將要去一個單位報到工作的時候，我哥哥說我睡在客廳裡太委屈，建議我有工作有薪水後到外面去租房子，我姊姊也這麼說。我生母生氣了，指著他們喊叫起來：

「你們有工作有薪水，你們為什麼不到外面租房子？」

我生父支持我生母，說他們工作幾年了，銀行裡也存了一些錢，應該到外面去租房子。然後子女和父母吵上了，我的哥哥和姊姊歷數他們同學的父母多麼有權有勢，早就給子女安排好住處。我生父氣得臉色發青，罵我的哥哥姊姊狼心狗肺；我生母緊隨著罵他們沒有良心，說他們現在的工作都是我生父找關係安排的。我站在角落裡，看著他們洶湧澎湃的爭吵，心裡突然感到了悲哀。接下去哥哥和嫂子吵架了，姊姊和姊夫吵架了，兩個女的都罵他們的丈夫沒出息，說她們各自單位裡的誰誰誰的丈夫多麼能幹，有房有車有錢；兩個男的不甘示弱，說她們可以離婚，離婚後去找有房有車有錢的男人。我姊姊立刻跑進房間寫下了離婚協議書，我嫂子也如法炮製，我哥哥和我姊夫立刻在協議上簽字。然後又是哭鬧又是要跳樓，先是我嫂子跑到陽台上要跳樓，接著我姊姊也跑到陽台上，我哥哥和姊夫軟了下來，兩個男的在陽台上拉住兩個女的，先是試圖講講道理，接著就認錯了，當著我的面，兩個男的一個下跪，一個打起了自己的嘴巴。這時候我生父生母進了自己房間，關上門睡覺了，他們已經習慣這樣的爭吵。

這個家庭的暴風驟雨過去之後，我站在深夜寧靜的陽台上，看著這個北方城市的繁華夜景，心裡想念起楊金彪。從小到大，他沒有罵過我，沒有打過我，當我做錯什麼時，他只是輕輕責備幾句，然後是嘆息，好像是他做錯了什麼。

第二天早晨這個家庭風平浪靜，好像什麼也沒有發生。他們吃過早餐出門上班後，只有我和我生母坐在餐桌旁，我生母為昨晚因我而起的爭吵感到內疚，更為她自己感到委屈。她連聲抱怨，抱怨我哥哥和我姊姊兩家人在家裡白吃白喝，從來不交飯錢；又抱怨我生父下班後過多的應酬，幾乎天天晚上像個醉鬼那樣回家。

我生母絮絮叨叨說了很久，抱怨自己的家是一個爛攤子，說操持這樣一個家太累了，等她說完後，我輕聲告訴她：

「我要回家了。」

她聽後一愣，隨後明白我所說的家不是在這裡，是在那個南方的城市裡。她的眼淚無聲地流了下來，她沒有勸說我改變主意，她用手擦著眼淚說：

「你會回來看我嗎？」

我點點頭。

她傷心地說：「這些日子委屈你了。」

我沒有說話。

我在這個新家庭生活了二十七天以後，坐上火車返回我的舊家庭。我下了火車沒有出站，而是拖著行李箱走過地下通道去了三個月台找我父親。我在四號月台看到他的身影，我走過時，他正在詳細向一名走錯月台的旅客指路，等那位旅客說聲「謝謝」轉身跑去後，我叫了一聲：

「爸爸。」

他走去的身體突然僵住了，我又叫了一聲，他轉過身來驚訝地看著我，又驚訝地看看我手裡拖著的行李箱。他看到我回來時的衣服正是我離開時穿的，還有行李箱。我是怎麼離開的，也是怎麼回來的。

我說：「爸爸，我回來了。」

他知道我所說的「回來」是什麼意思，他微微點了點頭，眼圈有些紅了，他急忙轉身走去，繼續自己的工作。我看看月台上的時鐘，知道他的工作時間，還有二十分鐘他就下班了，我拖著行李箱走到地下通道的台階旁，站在那裡看著他一絲不苟地工作。他指點幾位旅客，他們的車廂在哪裡；又替一位年紀大的旅客提著行李，幫助他上車。當這列火車駛出月台後，他抬頭看看時鐘，下班時間到了，他走到我身旁，提起我的行李箱走下台階，我伸手想把行李箱搶回來，被他的左手有力地擋了回去。好像我還是一個孩子，提不動這麼大的行李箱。

我回到了自己的家中。那時候我們已經離開鐵路旁的小屋，搬進鐵路職工的宿舍樓，雖然只有兩個房間，可是這是兩個沒有爭吵聲音的房間。

我父親對我的突然回來表現得十分平靜，他說不知道我回來，所以家裡沒有什麼吃的，他讓我洗澡，自己去宿舍附近的一家餐館買了四個菜回來。他很少去餐館，一下子買回來四個菜更是破天荒的事情。吃飯的時候他幾乎沒有說話，只是不停地往我碗裡夾菜。我說的也不多，只是告訴他，我覺得自己還是適合住在這個家裡，我說現在大學生找工作還是比較容易的，我在這裡找到的工作也不會比我生父介紹的那份工作差多少。我父親一邊聽著一邊點頭，當我說明天就去找工作時，我父親開口了：

「急什麼，多休息幾天。」

郝強生後來告訴我，那天晚上我睡著後，我父親來到他們的家中，進屋就流下了眼淚，一邊流淚一邊對他和李月珍說：

「楊飛回來了，我兒子回來了。」

我父親在他生命的最後時刻，認為自己一生裡做得最好的一件事就是收養了一個名叫楊飛的兒子。那時候他已經退休，我在那家公司當上了部門經理，我積蓄了一些錢，計畫買一套兩居室的新房子。我利用週末的時間和父親一起去看了十多處正在施工中的住宅小區，看中了其中的一套，我們準備把父親只有兩個房間的鐵路宿舍賣掉，這是他的福利分房，再加上我這些年的儲蓄，可以全款買下那套房子。雖然我在婚姻上的失敗讓他時常嘆息，可是我事業上的成功又讓他深感欣慰。

那些日子我晚上有不少應酬，當我很晚回家時，看到父親做好飯菜在等我，我沒有回家的話，他不會吃飯也不會睡覺。我開始盡量推掉晚上的應酬，回家陪我父親吃飯看電視。這一年休假的時候，我帶著他去了黃山，這是他第一次也是最後一次出門旅遊。我六十歲的父親身體十分強壯，爬山的時候我氣喘吁吁了，他仍然身輕如燕，陡峭的地方還需要他拉我一把。

郝強生和李月珍也退休了，他們的女兒郝霞在北京的大學畢業後，去美國讀研究生，然後留在美國工作，與一個美國人結婚，生下兩個漂亮的混血孩子。他們退休後準備移民美國，在等待移民簽證的時候經常來看望我父親，那是我父親最高興的時刻。我回家開門時聽到裡面笑聲朗朗就知道他們來了，當我出現在他們面前時，李月珍就會高興地叫我：

「兒子。」

李月珍一直以來都是叫我「兒子」，我心裡也一直覺得李月珍是我成長時的母親。我還在楊金彪身上的布兜裡吮吸自己手指的時候，李月珍幾乎每天來到我們鐵路旁的小屋子給我餵奶，她對楊金彪說，奶粉哪有母乳好。我記憶裡的李月珍一直是個很瘦的女人，父親說她以前是胖胖的，是被我吃瘦的。我默認父親的說法，在那個貧窮的年代裡，營養不良的李月珍同時餵養兩個孩子。

我對他們家的熟悉不亞於對自己的家，我童年的很多時間是在他們家度過的，每當我父親上夜班時，我就吃住在他們家中。李月珍對待我和郝霞就像是對待自己的一雙兒女。偶爾吃上一次肉的時候，她會把碗裡最後一片肉挾給我，沒有挾給郝霞，有一次郝霞哭了：

「媽媽，我是你的親生女兒。」

李月珍說：「下次給你。」

我和郝霞青梅竹馬，我們有過一個祕密約定，長大後兩個人結婚，這樣就可以一直在一起，郝霞當時是這麼說的：

「你做爸爸，我做媽媽。」

那時我們理解中的結婚就是爸爸和媽媽的組合，當我們明白更加準確的說法應該是丈夫和妻子以後，誰也不再提起這個祕密約定，我們兩個人以相同的速度遺忘了這個約定。

我後來沒再去過那個北方城市的家庭，只是在逢年過節的時候給他們打一個電話，通常是我生母接聽電話，她在電話裡詳細詢問我的近況後，總會囑咐我要好好照顧楊金彪，末了她會感慨地說上一句：

「他是一個好人。」

我父親楊金彪退休第二年病了，他吃不下飯，身體迅速消瘦，整天有氣無力。他瞞著我，不讓我知道他正在疾病裡掙扎，他覺得自己會慢慢好起來的。他過去生病時不去醫院看病也不吃藥，依靠自己強壯的身體挺了過來，這次他相信自己仍然能夠挺過來。我當時忙於工作，沒有注意到我父親愈來愈疲憊的樣子，直到有一天我發現父親瘦得乾巴巴了，才知道他病了有半年時間。我強迫他去醫院檢查，檢查報告出來後，我拿在手裡發抖了，我父親患上淋巴癌。

我眼睜睜看著病魔一點點地吞噬我父親的生命，我卻無能為力。放療、手術、化療，把我曾經強壯的父親折磨得走路時歪歪斜斜，似乎風一吹他就會倒地。我父親作為鐵路上的退休職工，可以報銷一部分醫療費用，可是我父親的治療費用過於龐大，大部分需要自己承擔，我悄悄賣掉父親的鐵路宿舍。為了照顧我父親，我辭去工作，在醫院附近買了一個小店鋪，我父親睡在裡面的房間裡，我在外面的店鋪向來往的顧客出售一些日用品，以此維持日常的生活。

我父親很傷心，我辭去工作賣掉房子沒有和他商量，他知道時已是既成事實，他常常唉聲嘆氣，憂心忡忡地對我說：

「房子沒有了，工作沒有了，你以後怎麼辦？」

我安慰他，等他的病治好了，我會重新回到原來的公司去，重新積蓄，買一套新房子，讓他安度晚年。他搖頭說哪裡還有錢買房子。我說不能全款支付，可以辦理按揭貸款買房。他繼續搖頭說不要買房子，不要欠債。我不再說話，在房價飛漲之前我有過按揭買房的計畫，可是父親想到要欠銀行那麼多錢就害怕，我只好放棄那個計畫。

我們彷彿回到鐵軌旁那間搖搖晃晃的小屋子裡的生活。晚上店鋪打烊後，我們父子兩人擠在一張床上睡覺。我每天晚上聽到父親的嘆息聲和呻吟聲，嘆息是因為我今後的前途，呻吟是因為自己的病痛。病痛減輕一些時，我們就會一起回憶過去。那時他的聲音裡洋溢著幸福，他說到很多我小時候的事情，他說我小時候睡覺時一定要他看著我，有時候他更換一下躺著的姿勢，背過身去後，我就會一遍遍叫著：

「爸爸，看看我吧；爸爸，看看我吧……」

我告訴父親，我小時候半夜醒來時總會聽到他的鼾聲，有幾次沒有聽到，害怕地哭了起來，擔心他可能死了，使勁把他搖醒，看到他坐起來，我破涕為笑，對他說，原來你沒有死掉。

有一天晚上我父親沒有嘆息也沒有呻吟，而是低聲說了很多話，說他怎麼在鐵路上聽到了我的啼哭，怎麼抱著我跑到李月珍家裡讓她給我餵奶。在我四歲的時候，他為了婚姻丟棄我也是那個晚上告訴我的，說到這裡他老淚縱橫，一遍遍責問自己：

「我怎麼能這樣狠心……」

我告訴他，我也丟棄過他，去了那個北方城市的家庭，我說我們之間扯平了。他在黑暗裡摸了摸我的手，說我去自己的親生父母那裡不能算是丟棄他。

說完，他輕輕笑了一下。他說起返回那塊青色石頭前找到我時，因為冷我身上蓋滿樹葉，他說這世上沒有比我更聰明的孩子了。那個晚上我的記憶突然清晰起來，我想起了石頭、樹林、草叢，還有讓我膽戰心驚的狗吠。我說不是冷，是害怕，有一條狗一直在汪汪叫著。

「怪不得，」他說，「你頭上也蓋著樹葉。」

我嘿嘿笑了，他也嘿嘿笑了。然後他平靜地對我說：「我不怕死，一點也不怕，我怕的是再也見不到你。」

第二天我父親不辭而別，他走得無聲無息，連一張紙條也沒有留下，拖著自己所剩無幾的生命離我遠去。後來的日子裡，我為自己的疏忽不斷自責，我父親離家的前幾天，讓我從櫃子裡找出一身嶄新的鐵路制服，放在他的枕邊。我沒有注意這個先兆，以為他想看看自己的新制服，這是他退休前最後一次領到的制服，卻疏忽了他多年來的一個習慣，每當他遇到重要事情時就會穿上一身嶄新的鐵路制服。

我父親不辭而別的那一天，我們城市發生了一起火災，距離我的小店鋪不到一公里的一家大型商場起火了。我得知這個災難的消息時已是下午，那時候因為父親遲遲沒有回家，我正在焦慮之中。當時一個可怕的念頭在我腦海裡閃現一下，我覺得父親可能去了那家商場。接下去這個念頭揮之不去，我在胡思亂想裡意識到再過一個多月就是我的生日，父親很有可能趁著自己還能慢慢走動，去那裡給我購買生日禮物。

我把店鋪關門打烊，奔跑地來到那家商場。銀灰色調的商場已經燒成黑乎乎木炭的顏色，黑煙滾滾升起，火勢差不多熄滅了，十多輛消防車上的水龍頭仍然噴射出高高的水柱，降落在燒焦了的商場上。幾輛救護車停在街道上，還有幾輛警車。消防梯架到了商場上，消防人員已經進入商場救人，有人被抬了出來，送進救護車以後，救護車鳴叫著疾駛而去。

商場四周的路口擠滿人群，他們七嘴八舌講述著起火的經過。我置身其中，聽到的都是斷斷續續的語句，有人說是早晨十點左右起火的，還有人說是中午起火的。我在他們中間穿梭，聽著他們議論起火的原因和猜測傷亡的人數，一直到天黑，我才走回自己的店鋪。

晚上電視裡報導了商場的火災，來自官方的消息稱是電路起火引發的火災，時間是早晨九點半，電視裡的主播說當時商場剛開門，裡面的顧客不多，大部分顧客被緊急疏散，只有極少數顧客來不及撤離。至於傷亡人數，電視裡說正在調查中。

這天晚上父親沒有回家，我一夜忐忑不安。早晨的電視新聞裡出現商場火災的最新報導，七人死亡，二十一人受傷，其中兩人傷勢嚴重。到了中午，電視裡報出了所有傷亡人員的姓名，沒有我父親的名字。

可是網上出現了不同的消息，有人說死亡人數超過五十，還有人說超過一百。不少人在網上批評政府方面瞞報死亡人數，有人找出來國務院安委會對事故死亡人數的定義，一次死亡三至九人的是較大事故，一次死亡十人以上的是重大事故，一次死亡三十人以上的是特別重大事故。網上有人抨擊政府逃避責任，將死亡人數定在七人，即使兩個傷勢嚴重的人不治身亡，也只有九人，屬於較大事故，不會影響市長書記們的仕途。

網上傳言四起，有的說那些被隱瞞的死亡者家屬受到了威脅，有的說這些家屬拿到了高額封口費，還有人在網上發布被隱瞞的死亡者姓名，那裡面仍然沒有我父親的名字。

我父親兩天沒有回家，我去尋找他。先去火車站打聽，我想也許會有幾個火車站的工作人員見到過他，可是沒有他的消息。他瘦成那樣了，即便是認識他的人也可能認不出來了。我再去郝強生和李月珍家中，他們剛剛從廣州回來，在廣州的美國領事館順利通過了移民簽證的面試，回來後著手出售居住多年的房屋，準備遠渡重洋與女兒一起生活。他們得知這個消息很難過，郝強生連聲嘆息，李月珍流下眼淚，她說：

「兒子，他是不想拖累你。」

他們覺得我父親很有可能是落葉歸根，回到自己出生和長大的村莊，讓我去那裡尋找他。

我把店鋪出讓給別人，坐上長途汽車前往我父親的老家。我小時候去過那裡，我的爺爺和奶奶並不喜歡我，覺得我攪亂了他們兒子的生活。我父親有五個哥哥姊姊，他們和我父親關係不好。我爺爺曾經在鐵路上工作，當時國家有一個政策，如果我爺爺提前退休的話，就可以安排他的一個孩子到鐵路上工作，我爺爺在六個孩子裡選擇了最小的我父親，另外五個對此很生氣。可能是這些原因，父親後來不再帶我回老家。

我的爺爺奶奶十多年前去世了，我父親的五個哥哥姊姊仍然住在那裡，他們的子女很多年前就外出打工，已經在不同的城市扎下了根。

我在繁華的縣城下了長途汽車，叫上一輛出租車前往我父親的村莊，出租車行駛在寬闊平坦的柏油馬路上，我記得小時候和父親坐車來到這裡時，是一條坑坑窪窪的泥路，汽車向前行駛時蹦蹦跳跳。就在我心裡感慨巨大的變化時，出租車停下了，柏油馬路突然中斷，前面重現過去那條坑坑窪窪的泥路。出租車司機說上面的領導不會來到這種偏僻的地方，所以柏油馬路到此為止了。司機看到我驚訝的神色，解釋說鄉下的路都是為上面的領導下來視察才修的。司機指著前面狹窄的泥路說，領導不會到這種鳥不下蛋的地方。他說往前走五公里，就是我要去的村莊。

當我再次來到父親的村莊時，已經不是我小時候來過的那個村莊，那個村莊有樹林和竹林，還有幾個池塘，我和幾個堂哥拿著彈弓在樹林和竹林裡打麻雀，又捲起褲管站在池塘的水裡捉小蝦。我記得田野裡一片片油菜花在陽光下閃閃發亮，男女老少雞鴨牛羊的聲音絡繹不絕，還有幾頭母豬在田埂上奔跑。現在的村莊冷冷清清，田地荒蕪，樹木竹子已被砍光，池塘也沒有了。村裡的青壯年都在外面打工，只看見一些老人坐在屋門前，還有一些孩子蹣跚走來。我忘記父親五個哥哥姊姊的模樣，我向一個坐在門前抽菸的駝背老人打聽楊金彪的哥哥和姊姊住在哪裡。他嘴裡念叨了幾聲「楊金彪」，想起來了，對著坐在斜對面屋前一個正在剝著蠶豆的老人喊叫：

「有人找你。」

這個老人站了起來，看著走過去的我，雙手在衣服上擦著，似乎準備要和我握手。我走到他面前，告訴他，我是楊飛，他沒有反應過來，我說是楊金彪的兒子。他啊的一聲後，張開沒有門牙的嘴巴喊叫起了他的兄弟姊妹：

「楊金彪的兒子來啦！」

然後對我說：「你長得這麼高了，我一點也認不出來。」

另外四個老人先後走過來。我看到他們五個都是穿著化纖料子的衣服，站在一起時竟然如此相像，只是高矮不一，如同一個手掌上的五根手指。

他們見到我非常高興，給我泡茶遞菸，我接過茶杯，對著遞過來的香菸搖搖頭，說我不抽菸。他們忙碌起做飯打酒，我看看時間還不到下午三點，說現在做飯早了一點，他們說不早。

那麼多年過去了，他們不再妒恨我父親。知道我父親患上絕症離家出走不知去向，這五個老人眼圈紅了，可能是他們的手指手掌太粗糙，他們五個都用手背擦眼淚。我說一直在找父親，想到父親可能落葉歸根回到這裡，所以就來了，他們搖著頭說我父親沒有回來過。

我在寂靜裡站了起來，離開那塊石頭，在寂靜裡走去。雨雪還在紛紛揚揚，它們仍然沒有掉落到我身上，只是包圍了我，我走去時雨雪正在分開，回頭時雨雪正在閤攏。

我在記憶的路上走向李月珍。

我從父親的村莊回到城裡的時候，李月珍死了。她是晚上穿越馬路時，被一輛超速行駛的寶馬撞得飛了起來，隨後重重地摔在馬路上，又被後面駛來的一輛卡車和一輛商務車輾過。我只是離開了三天，我心裡的母親就死了。

郝霞正在回來的飛機上，郝強生被這突如其來的打擊擊垮了。我來到他家時，幾個和尚正在那裡做超渡亡靈的法事，屋子裡煙霧繚繞，桌上鋪著黃布，上面擺放著水果和糕點，還有寫著李月珍名字的牌位。幾個和尚站在桌前，微閉著眼睛正在唸經，他們的聲音像是很多蚊子在鳴叫。郝強生目光呆滯坐在一旁，我在他身旁的椅子裡坐了下來。

和尚可能知道李月珍準備移民美國，唸經之後告訴郝強生，在他們唸經之時，李月珍的亡靈跨上了郝強生的膝蓋，又跨上了郝強生的肩膀，右腳蹬了一下升天了。和尚說，超渡亡靈的法事收費三千元，如果再加上五百元，可以讓李月珍投胎美國。郝強生木然地點點頭，幾個和尚又微閉眼睛，繼續唸經。這次的經文簡短，我在和尚含糊不清的唸誦裡，聽到「美國」這個辭彙，這幾個和尚唸的不是中文，而是ＵＳＡ。然後和尚說，李月珍已經踏上去ＵＳＡ的路途了，很快就會到那裡，比波音飛機還要快。

郝強生見到我的時候沒有認出來，我在他身旁坐了很久，他才意識到我是誰，嗚嗚地哭了，拉住我的手說：

「楊飛，去看看你媽媽，去看看你媽媽……」

李月珍在死去的三天前，也就是我前往鄉下尋找父親的那天清晨，發現了我們城市的一起醜聞。她從農貿市場買菜回家的路上，在橋上走過時，看見下面的河水裡漂浮著幾具死嬰。起初她以為是幾條死魚，心裡奇怪從來沒有見過這樣的魚，魚身上好像有胳膊有腿。她覺得自己年紀大眼睛花了，就叫過來兩個年輕人看看河面上漂浮的是什麼，那兩個年輕人說不像是魚，像是嬰兒。李月珍急忙跑下橋墩，看見漂浮在河面上的確實是死去的嬰兒，他們和樹葉雜草一起漂浮而去，還有幾個死嬰正從橋下的陰影裡漂浮出來，來到陽光閃亮的水面上。李月珍的眼睛看著水面上的死嬰在河邊走去時，腳被絆了一下，隨後她看到有三個死嬰擱淺在岸邊。

正直的李月珍沒有回家，她挎著菜籃直接去了報社。報社的門衛阻止她進入，看到她挎著菜籃的模樣，以為她是來上訪的，告訴她上訪應該去市政府的信訪辦。李月珍在報社的大門口攔住兩個剛來上班的記者，告訴他們河裡出現死嬰。兩個記者聽後奔赴現場，那時候橋上與河邊已經站滿人群，有人用竹竿將幾個漂浮的死嬰撈到岸上。

整整一個上午，兩個記者和十多個市民在那裡找到二十七個死嬰，其中八個死嬰的腳上有我們城市醫院的腳牌，另外十九個死嬰沒有腳牌。兩個記者用手機拍下照片，然後去了醫院。醫院的院長熱情接待兩個記者，以為他們是來採訪的，因為醫院為了緩解社會上的批評，剛剛推出解決看病難和看病貴的新政。當院長看到記者手機裡死嬰的圖片後，臉上的笑容立即消失，他說自己馬上要去市裡開會，找來一個副院長應付記者。副院長看到死嬰的照片後，說自己馬上要去衛生局開會，找來醫院辦公室主任。辦公室主任一臉不耐煩的神情看完死嬰的照片，辨認上面的腳牌。然後說，八個有腳牌的死嬰是在醫治無效死亡，他們的父母因為無力承擔醫療費用逃跑了。辦公室主任充滿委屈地說，很多患者家屬為了不支付醫療費用逃跑，醫院為此每年損失一百多萬。辦公室主任解釋十九個沒有腳牌的死嬰是為了執行計畫生育政策強行引產的六個月左右的胎兒。辦公室主任傲慢地提醒記者，計畫生育是國策。隨後聲稱這二十七個死嬰是醫療垃圾，他不認為醫院做錯了什麼，說垃圾就應該倒掉。

我們城市的報紙接到上面的指示後撤下兩位記者採寫的報導，兩位記者憤然將照片和報導文章貼到網上，社會輿論爆炸了，網上的批評之聲像密集的彈片一樣飛向我們的城市。這時候醫院方面才承認自己的錯誤，他們說沒有將這些醫療垃圾處理好，已經處罰了相關責任人。醫院方面一次次將死嬰稱為醫療垃圾激怒了線民，面對來自四面八方更多譴責的彈片，市政府新聞發言人出來說話了，發言人表示會妥善處理這二十七個醫療垃圾，給予這些醫療垃圾以人的待遇，火化後埋葬。

我去醫院太平間看望李月珍，走進去的時候太平間大屋子的四周擺滿花圈，花圈上掛著白色的條幅，上面寫著「沉痛悼念劉新成」。我不知道劉新成是誰，有這麼多人送來花圈，此人顯然非富即貴。我沒有看到李月珍，四周的花圈讓太平間的大屋子顯得空空蕩蕩，我心裡疑惑自己是否走錯地方。

這時我發現旁邊還有一間小屋子，我走到門口，看到一塊很大的白布蓋在地上，白布的凹凸讓我覺得下面有人體。我蹲下去拉開白布，看見了李月珍，她一身白色衣服和一群死嬰躺在地上。她躺在中間，死嬰們重疊地圍繞在她的四周，她就像是他們的母親。

我潸然淚下，這位我成長歲月裡的母親安詳地躺在那裡，她死去的臉上仍然有著我熟悉的神態，我心酸地凝視著這個已經靜止的神態，抹著眼淚，心裡叫了一聲媽媽。

這天晚上，我們城市發生了地質塌陷。深夜的時候，醫院裡的值班醫生護士和病人聽到了轟然聲，附近居民樓的人也聽到了，他們以為發生了地震，紛紛逃生出來，然後發現太平間沒了，那地方出現一個很大的圓洞。這個突然出現的天坑給人們帶來了恐慌，醫院裡的人和附近居民樓裡的人不敢待在屋子裡，他們擁擠到街道上，只有重症病人繼續躺在病床上聽天由命。

街道上的人驚魂未定地感激起老天爺，說老天爺長眼了，讓太平間塌陷下去，沒讓旁邊的樓房塌陷下去，如果這個天坑移動幾十米，無論東南西北，都會有樓房倒塌，死傷無數。很多人嘴裡念叨著「謝謝老天爺」，有位老者眼淚汪汪地說：

「該塌陷的塌陷了，不該塌陷的沒塌陷，老天爺真是個好人啊。」

恐慌的情緒蔓延了一個晝夜之後漸漸平靜下來，市政府公布了天坑直徑三十米深十五米，塌陷的原因是地下水過度抽採之後形成那裡地質架空結構。五個地質環境監測人員被繩子放到天坑下面，一個多小時後他們被繩子拉上來，說太平間的屋子仍然完整，只是牆體和屋頂出現了七條裂縫。

我們城市的人絡繹不絕來到這裡，站在原來的太平間旁邊，觀賞這個天坑。他們感嘆天坑真圓，像是事先用圓規畫好的，就是過去的井也沒有這麼圓。

兩天後才有人想起來李月珍和二十七個死嬰那時正在太平間裡，可是下到天坑裡察看過太平間的五個地質環境監測人員說裡面沒有一具遺體。李月珍和二十七個死嬰神祕失蹤了。

記者採訪了負責打掃太平間的醫院勤工，他說那天傍晚下班離開時他們還躺在那間小屋子裡。記者問他是不是火化了，他一口否定，說殯儀館晚上是不工作的，不會火化屍體。記者又去了醫院辦公室，辦公室的人也不知道李月珍和二十七個死嬰為何不見了。他們說見鬼了，難道屍體自己從天坑裡爬出來溜走了。

剛下飛機的郝霞，在悲傷和時差的折磨裡攙扶著神情恍惚的父親來到醫院，詢問母親遺體的下落，醫院的回答是不知道。

李月珍和二十七個死嬰神祕失蹤的消息傳遍我們這個城市，隨後又上了幾個網站的首頁，事情愈鬧愈大，網上流言四起，有人懷疑這裡面可能有著不可告人的原因。雖然我們城市的媒體接到指示一律不予報導，可是外地的媒體都用大標題報導了這個神祕失蹤事件。不少外地記者坐飛機坐火車坐汽車來到我們這裡，擺開架勢準備進行大規模的深度報導。

市政府召開緊急新聞發布會，一位民政局的官員聲稱李月珍和二十七個死嬰在太平間塌陷前的下午已經送到殯儀館火化。記者追問火化前是否通知了死者家屬。官員說二十七個死嬰的家屬無法聯繫；記者再問李月珍的家屬呢。官員愣了一會兒後宣布新聞發布會結束，他說：

「謝謝大家。」

當天傍晚，民政局的官員和醫院的代表給郝家送來一個骨灰盒，說是因為天熱，李月珍的遺體不好保存，所以他們出面給燒掉了。三十多個小時沒有睡覺的郝霞仍然神志清楚，她憤怒地喊叫：

「現在是春天。」

那個負責打掃太平間的醫院勤工改口了，他告訴外地來的記者，李月珍和二十七個死嬰確實是在塌陷前的下午被運到殯儀館火化的，他說自己還幫著把他們抬進運屍車。有一個自稱在銀行工作的人上網發帖，說這個醫院勤工當天在自己的帳戶上存入五千元，他懷疑這個勤工拿到了改口費。

市政府為了平息網上傳言，讓外地趕來的記者前往殯儀館觀看擺成一排的二十七個小小的骨灰盒，表示這二十七個死嬰已經火化，接下去將會妥善安葬。可是一波未平一波又起，第二天有人爆料，說李月珍和二十七個死嬰的骨灰是從當天燒掉的別人的骨灰裡分配出來的。這個消息迅速傳播，那些當天被燒掉的死者的親屬們聽到後，紛紛打開骨灰盒，普遍反映骨灰少了很多，雖然他們中間沒人知道正常的骨灰應該有多少。有人去向別人打聽骨灰量，被詢問的人都是連連搖頭，他們說從未打開過親人的骨灰盒，不知道應該是多少。有一位外地記者專門去了殯儀館，希望殯儀館裡有人勇敢站出來證實確有其事。殯儀館所有的工作人員都是矢口否認，殯儀館的領導痛斥這是網路謠言。網上有人調侃說，這個月殯儀館員工們拿到的獎金將是以往的兩倍以上。

我走出自己趨向繁複的記憶，如同走出層巒疊翠的森林。疲憊的思維躺下休息了，身體仍然向前行走，走在無邊無際的混沌和無聲無息的空虛裡。空中沒有鳥兒飛翔，水中沒有魚兒遊弋，大地沒有萬物生長。

第四天

我繼續遊蕩在早晨和晚上之間。沒有骨灰盒，沒有墓地，無法前往安息之地。沒有雪花，沒有雨水，只看見流動的空氣像風那樣離去又回來。

一個看上去也在遊蕩的年輕女子從我身邊走過去，我回頭看她，她也在回頭看我。然後她走了回來，認真端詳我的臉，她的聲音彷彿煙一樣飄忽不定，她詢問地說：

「我在哪裡見過你？」

這也是我的詢問。我凝視這張似曾相識的臉，她的頭髮正在飄起，可是我沒有感覺到風的吹拂，我注意到她露出來的耳朵裡殘存的血跡。
她繼續說：「我見過你。」
她的疑問句變成了肯定句，她的臉在我記憶裡也從陌生趨向熟悉。我努力回想，可是記憶爬山似的愈來愈吃力。
她提醒我：「出租屋。」
我的記憶輕鬆抵達山頂，記憶的視野豁然開闊了。

一年多前，我剛剛搬進出租屋的時候，隔壁住著一對頭髮花花綠綠的年輕戀人，他們每天早出晚歸，我不知道他們的名字，也不知道他們做什麼工作。他們的頭髮差不多每週都會變換一種顏色，綠的、黃的、紅的、棕色的、混色的，就是沒有見過黑色。這兩個人頭髮的顏色變換時總是色調一致，他們聲稱這是情侶色。一個月以後我知道他們在一家髮廊打工，房東說他們不是理髮的技師，只是髮廊裡的洗頭工。我搬到出租屋的第三個月，他們搬走了。
他們在我隔壁房間裡的言行清晰可聞，我和他們之間的牆壁只防眼睛不防耳朵。他們做愛時那張床嘎吱嘎吱響個不停，還有喘息、呻吟和喊叫，我隔壁的房間幾乎每晚都會響起洶湧澎湃之聲。

他們因為手頭拮据經常吵架。有一次我聽到女的一邊哭泣一邊說，再也不願意和他這個窮鬼過下去了，她要嫁給一個富二代，不用辛苦工作，天天在家裡搓麻將。男的說也不想和她過窮日子了，他要去傍個富婆，住別墅開跑車。兩個人不斷描繪各自富貴的前景來貶低對方，信誓旦旦說著明天就分手，各奔自己的錦繡前程。可是第二天他們像是什麼也沒有發生，手拉手親密無間走出了出租屋，去髮廊繼續做他們錢少活累的工作。

最為激烈的一次，男的動手打了女的。我先是聽到女的在講述和她一起出來打工的一個小姊妹，她們好像來自同一個村莊，這個小姊妹是夜總會的坐檯小姐，被客人看中後，出檯一次可以掙一千元，如果陪客人過夜可以掙兩千元，她與夜總會六四分成，她拿六，夜總會拿四，她每月能夠掙到三、四萬元。她做了三年多，有了一些熟客，經常打電話讓她過去，這樣她掙到的錢不用和夜總會分成，她現在每個月能掙六、七萬了。女的說那位小姊妹要介紹她去夜總會坐檯，已經和夜總會的經理說好了，明天就帶她過去。

她問他：「你讓我去嗎？」

他沒有聲音。她說想去夜總會坐檯，這樣可以掙很多錢，他可以不工作，她養著他。她說幹上幾年後掙夠錢就從良，兩個人回他的老家買一套房子，開一個小店舖。

她又問他：「你讓我去嗎？」

他說話了：「你會得性病愛滋病的。」

「不會的，我會讓客人戴上安全套。」

「那些客人都是流氓，他們不戴安全套呢？」

「不戴安全套就不讓他進來，這個世界上只有你一個男人可以不戴安全套進來。」

「不行，就是餓死了，我也不讓你去夜總會坐檯。」

「你想餓死，我不想餓死。」

「我說不行就是不行。」

「憑什麼？我們又沒結婚，就是結婚了還能離婚呢。」

「不准你再說這個。」

「我就是要說，我的小姊妹也有一個男朋友，她的男朋友願意，你為什麼不願意。」

「她的男朋友不是人，是畜生。」

「她的男朋友才不是畜生呢，有一次她被一個客人咬傷了，她的男朋友找上門去，大罵那個客人是流氓，還揍了他一頓。」

「讓自己女朋友去賣淫的不是畜生是什麼？還罵人家是流氓，他自己才是流氓。」

「我不想再過這種窮日子，我受夠了。iphone3出來時，我的小姊妹就用上了；iphone3S一出來，她馬上換了；去年又換了iphone4，現在用上iphone4S了。我用的這個破手機，兩百元也沒人要。」

「我以後會給你買一個iphone4S的。」

「你吃飯的錢都不夠，等你給我買的時候，都是iphone40S了。」

「我一定會給你買一個iphone4S。」

「你是在放屁，還是在說話？」

「我在說話。」

「我不管你了，我明天就去夜總會。」

接下去我聽到明顯的耳光聲，劈啪劈啪劈啪……

她哭叫了：「你打我，你打死我吧。」

他也哭了起來：「對不起，對不起。」

她傷心地哭訴：「你竟然打我！你這麼窮，我還和你在一起，就是因為你對我好。你打我，你好狠毒啊！」

他嗚咽地說：「對不起，對不起。」

我又聽到了劈啪的耳光聲，我覺得是男的在打自己的臉。然後是頭撞牆的聲響，咚咚咚咚咚……

她哭泣地哀求：「別這樣，別這樣，我求你了，我求你了，我不去夜總會了，就是餓死也不去了。」

我的記憶停頓在這裡。看著眼前這個神情落寞的女子，我點點頭說：「我見過你，在出租屋。」

她微微一笑，眼睛裡流露出憂愁，她問我：「你過來幾天了？」

「三天，」我搖了搖頭，「可能是四天。」

她低下頭說：「我過來有二十多天了。」
「你沒有墓地？」我問她。
「沒有。」
「你有嗎？」她問我。
「也沒有。」
她抬起頭來仔細看起了我的臉，她問我：「你的眼睛鼻子動過了？」
「下巴也動過了。」我說。
「下巴看不出來。」她說。
她看到我左臂上的黑布，她說：「你給自己戴上黑紗。」
我略略有些驚訝，心想她怎麼知道黑紗是為我自己戴上的？
她說：「那裡也有人給自己戴黑紗。」
「哪裡？」我問她。
「我帶你去，」她說，「那裡的人都沒有墓地。」
我跟隨她走向未知之處。我知道了她的名字，不是她告訴我的，是我的記憶追趕上了那個離去的世界。

一個名叫劉梅的年輕女子因為男友送給她的生日禮物是山寨iphone4S，而不是真正的iphone4S，傷心欲絕跳樓自殺。這是二十多天前的熱門新聞。

我們城市的幾家報紙接連三天刊登了有關劉梅自殺的文章，報紙聲稱這是深度報導。記者們挖出不少劉梅的生平故事，她在髮廊工作時結識她的男朋友，兩人在三年時間裡做過兩份固定的工作，髮廊洗頭工和餐館服務員，還有幾份不固定的工作；更換五處出租屋，租金愈來愈便宜，最後的住處是在地下室裡，那是文革時期修建的防空洞，廢棄後成為我們這個城市最大的地下住處。報紙說城市的防空洞裡居住了起碼兩萬多人，他們被稱為鼠族，他們像老鼠一樣從地下出來，工作一天後又回到地下。報紙刊登了劉梅和她男朋友地下住處的圖片，他們與鄰居只是用一塊布簾分隔。報紙說鼠族們在防空洞裡做飯上廁所，裡面汙濁不堪，感覺空氣沉甸甸的，空氣已經不是空氣了。

記者發現劉梅QQ空間的日誌，劉梅在空間裡的名字叫鼠妹。這位鼠妹自殺的前五天在日誌裡講述了男朋友送給她生日禮物的過程。男朋友說是花了五千多元買的 iphone4S，她度過開心的一天，兩個人在大排檔吃了晚飯，第二天男朋友因為父親生病趕回老家。她與自己的一個小姊妹見面，小姊妹用的是真正的iphone4S，她把自己的山寨貨與小姊妹的進行比較，發現自己手機上被咬掉一口的蘋果比小姐妹的大了一些，而且手機的重量也明顯輕了，只是顯示幕的清晰度還算不錯，她才知道男朋友欺騙了她，這個山寨貨不到一千元。有懂行的網友在她的日誌後面留言，說顯示幕的解析度高的話，應該是夏普的產品。這位網友用解析度糾正她所說的清晰度，又糾正她所說的山寨機，說如果是夏普的顯示幕，這個應該叫高仿機，價格應該在一千元以上。

鼠妹男朋友的手機因為欠費被停機，她聯繫不上他，只好坐到網吧裡，接連五天在QQ空間上呼叫自己的男朋友，要他馬上滾回來。到了第五天，她的男朋友仍然沒有在空間上現身，她罵他是縮頭烏龜，然後宣布自己不想活了，而且公布了自己準備自殺的時間和地點。時間是翌日中午，地點先是定在大橋上，她計畫跳河自殺。有網友勸她別跳河，說是大冬天的，河水冰冷刺骨，應該找個暖和的地方自殺，說自殺也得善待自己。她問這個網友怎麼才能暖和地自殺，這個網友建議她買兩瓶安眠藥，一口氣吞下去，裹著被子做著美夢死去。別的網友說這是胡扯，醫院一次只會給她十來片安眠藥，她要攢足兩瓶的話，自殺時間起碼推遲半年。她表示不會推遲自殺時間，她決定穿上羽絨服跳樓自殺，地點定在她地下住處出口對面的居民樓的樓頂，她說出這個居民小區後，有兩個住在那裡的網友求她別死在他們家門口，說是會給他們帶來晦氣的。其中一個建議她想辦法爬到市政府大樓頂上往下跳，說那樣才威武，其他網友說不可能，市政府門口有武警把守，會把她當成上訪的給拘押起來。她最終選擇鵬飛大廈，這幢五十八層的商務樓是我們這個城市的地標建築，這次沒有網友反對了，還有網友稱讚那個地方不錯，說死之前可以高瞻遠矚一下。她在空間裡最後的一句話是寫給男朋友的，她說：我恨你。

鼠妹自殺的時候是下午。我那時候剛好走到鵬飛大廈，我的口袋裡放著大學畢業證書和學士學位證書，我在網上查到鵬飛大廈裡有幾家從事課外教育的公司，我想去那裡找一份家教的工作。

鵬飛大廈前面擠滿了人，警車和消防車也來了，所有的人都是半張著嘴仰望大廈。這個冬天的第一場大雪之後，天空蔚藍，陽光讓積雪閃閃發亮。我站在那裡，抬起頭來，看到三十多層的外牆上站著一個小小的人影。一會兒陽光就刺痛了我的眼睛，我低下頭揉起眼睛。我看到很多人和我一樣，抬頭看上一會兒，又低頭揉起眼睛，再抬頭看上一會兒。我聽到嘈雜的議論，說是這個女孩在那裡站了有兩個多小時了。

有人問：「為什麼站在那裡？」

有人說：「自殺呀。」

「為什麼自殺？」

「不想活了嘛。」

「為什麼不想活了呢？」

「他媽的這還用問嗎，這年月不想活的人多了去了。」

小商小販也來了，在人群裡擠來擠去，兜售起了皮夾、皮包、項鏈、圍巾什麼的，都是山寨名牌貨。有兜售快活油的，有人問快活油是個什麼東西？回答說一擦就勃起，堅如鐵硬如鋼，比偉哥還神奇；有兜售神祕物品的，低聲說要竊聽器嗎？有人問要竊聽器幹嗎？回答說可以竊聽你老婆是不是做了別人家的小三；有兜售墨鏡的，高聲喊叫十元一副墨鏡，還喊叫著順口溜：看得高看得遠，不怕太陽刺雙眼。有些人買了墨鏡，戴上後抬頭繼續看起鵬飛大廈上的小小人影，我聽到他們說看見一個警察了，在女孩身旁的窗戶探出腦袋。他們說警察正在做自殺女孩的思想工作。過了一會兒，戴上十元墨鏡的那些人叫起來：警察伸出手了，女孩也伸出手了，思想工作做成啦。緊接著是啊的一片整齊的驚叫聲，接著寂靜了，隨即我聽到女孩身體砸到地面上的沉悶聲響。

劉梅留在那個世界裡最後的情景是嘴巴和耳朵噴射出鮮血，巨大的衝撞力把她的牛仔褲崩裂了。

「還是叫我鼠妹吧，」她說，「你當時在那裡嗎？」

我點點頭。

「有人說我死得很嚇人，說我滿臉是血。」她問，「是這樣嗎？」

「誰說的？」

「後面過來的人。」

我沒有聲音。

「我是不是很嚇人？」

我搖了搖頭，我說：「我看見你的時候，像是睡著了，很溫順的樣子。」

「你看到血了嗎？」

我猶豫一下，不願意說那些鮮血，我說：「我看到你的牛仔褲崩裂了。」

她輕輕地啊了一聲，她說：「他沒有告訴我這個。」

「他是誰？」

「就是後面過來的那個人。」

我點點頭。

「我的牛仔褲崩裂了，」她喃喃自語，然後問我，「裂成什麼樣子？」

「一條一條的。」

「一條一條是什麼樣子？」

我想了一會兒告訴她：「有點像拖把上的布條。」

她低頭看看自己的褲子，那是一條又長又寬大的褲子，是一條男人的褲子。

她說：「有人給我換了褲子。」

「這褲子不像是你的。」

「是啊，」她說，「我沒有這樣的褲子。」

「應該是一個好心人給你換的。」我說。

她點點頭，問我：「你是怎麼過來的？」

我想起自己在譚家菜的最後情景，我說：「我在一家餐館裡吃完一碗麵條，正在讀別人放在桌子上的一張報紙，廚房起火了，發生了爆炸，以後發生的事我就不知道了。」

她嗯的一聲說：「後面過來的人會告訴你的。」

「其實我不想死，」她說，「我只是生氣。」

「我知道。」我說，「警察伸出手的時候，你也伸出了手。」

「你看到了？」

我沒有看到，是那些戴上十元墨鏡的人看到的。我還是點點頭，表示自己看到了。

「我在那裡站了很久，風很大很冷，我可能凍僵了，我想抓住警察的手，腳下一滑，好像踩著一塊冰……後面過來的人說報紙上沒完沒了說我的事。」

「三天，」我說，「也就是三天。」

「三天也很多，」她問我，「報紙怎麼說我的？」

「說你男朋友送你一個山寨iphone，不是真正的 iphone，你就自殺了。」

「不是這樣的，」她輕聲說，「是他騙了我，他說是真的 iphone，其實是假的。他什麼都不送給我，我也不會生氣，他就是不能騙我。報紙是在瞎說，還說了什麼？」

「說你男朋友送你山寨iphone後就回去老家，好像是他父親病了。」

「這是真的。」她點點頭後說，「我不是因為那個山寨貨自殺的。」

「你在QQ空間的日誌也登在報紙上了。」

她嘆息一聲，她說：「我是寫給他看的，我是故意這麼寫的，我要他馬上回來。他只要回來向我道歉，我就會原諒他。」

「可是你爬上鵬飛大廈。」

「他這個縮頭烏龜一直沒有出現，我只好爬上鵬飛大廈，我想這時候他應該出現了。」

她停頓了一下，問我：「報紙說了沒有，我死後他很傷心。」

我搖了搖頭說：「報紙上沒有他的消息。」

「警察說他趕來了，說他正在下面哭。」她疑惑地看著我，「所以我伸手去抓警察的手。」

我遲疑之後還是告訴她：「他沒有趕來，後來三天的報紙上都沒有說他當時趕來了。」

「警察也騙我。」

「警察騙你是為了救你。」

「我知道。」她輕輕地點點頭。

她問我：「報紙後來說到他了嗎？」

「沒有。」我說。

她心酸地說：「他一直在做縮頭烏龜。」

「也許他一直不知道。」我說，「他可能一直沒有上網，沒有看到你在日誌裡的話，他在老家也看不到這裡的報紙。」

「他可能是不知道。」

她又說，「他肯定不知道。」

「現在他應該知道了。」我說。

我跟隨她走了很長的路，她說：「我很累，我想在椅子裡坐下來。」

四周的空曠是遼闊的虛無，我們能夠看到的只有天和地。我們看不到樹木出現，看不到河水流淌，聽不到風吹草動，聽不到腳步聲響。

我說：「這裡沒有椅子。」

「我想在木頭的椅子裡坐下來，」她繼續說，「不是水泥的椅子，也不是鐵的椅子。」

我說：「你可以坐在想到的椅子裡。」

「我已經想到了，已經坐下了。」她說，「是木頭長椅，你也坐下吧。」

「好吧。」我說。

我們一邊行走，一邊坐在想像的木頭長椅裡。我們似乎坐在長椅的兩端，她似乎在看著我。

她對我說：「我很累，想在你的肩頭靠一下……算了，你不是他，我不能靠在你的肩頭。」

我說：「你可以靠在椅背上。」

她行走的身體向後傾斜了一下，她說：「我靠在椅背上了。」

「舒服一些嗎？」

「舒服一些了。」

我們無聲地向前走著，似乎我們坐在木頭長椅裡休息。

彷彿過去了很長時間，她在想像裡起身，她說：「走吧。」

我點點頭，離開了想像中的木頭長椅。

我們向前走去的腳步好像快了一些。

她惆悵地說：「我一直在找他，怎麼也找不到他。他現在應該知道我的事了，他不會再做縮頭烏龜了，他肯定在找我。」

「你們被隔開了。」我說。

「怎麼被隔開了？」

「他在那裡，你在這裡。」

她低下頭，輕聲說：「是這樣。」

我說：「他現在很傷心。」

「他會傷心的。」她說，「他那麼愛我，他現在肯定在為我找墓地，他會讓我安息的。」

她說著嘆息一聲，繼續說：「他沒有錢，他的幾個朋友和他一樣窮，他到哪裡去弄錢給我買一塊墓地？」

「他會有辦法的。」我說。

「是的，」她說，「他為了我什麼事都願意做，他會有辦法的。」

她臉上出現欣慰的神色，彷彿追尋到那個已經離去的世界裡的甜蜜往事。

她低聲說：「他說我是天底下最漂亮的女孩。」

然後問我：「我漂亮嗎？」

「很漂亮。」我真誠地說。

她開心地笑了，接著苦惱的神色爬上她的臉。她說：「我很害怕，春天要來了，夏天也要來了，我的身體會腐爛，我會變成只剩下骨骼的人。」

我安慰她：「他很快會給你買下一塊墓地的，在春天來臨之前你就可以去安息之地。」

「是的，」她點點頭，「他會的。」

我們走在寂靜裡，這個寂靜的名字叫死亡。我們不再說話，那是因為我們的記憶不再前行。這是隔世記憶，斑駁陸離，虛無又真實。我感受身旁這個神情落寞女子的無聲行走，嘆息那個離去的世界多麼令人傷感。

我們好像走到原野的盡頭，她站住腳，對我說：

「我們到了。」

我驚訝地看見一個世界——水在流淌，青草遍地，樹木茂盛，樹枝上結滿有核的果子，樹葉都是心臟的模樣，它們抖動時也是心臟跳動的節奏。我看見很多的人，很多只剩下骨骼的人，還有一些有肉體的人，在那裡走來走去。

我問她：「這是什麼地方？」她說：「這裡叫死無葬身之地。」

兩個席地而坐正在下棋的骨骼阻擋了我們，彷彿是門阻擋了我們。我們在他們跟前站立，兩個骨骼正在爭吵，互相指責對方悔棋，他們爭吵的聲音愈來愈高亢，如同愈躥愈高的火苗。

左邊的骨骼做出扔掉棋子的動作：「我不和你下棋了。」

右邊的骨骼也做出同樣的動作：「我也不和你下了。」

鼠妹說話了，她說：「你們別吵了，你們兩個都悔棋。」

兩個骨骼停止爭吵，抬頭看見鼠妹後張開空洞的嘴，我心想這應該是他們的笑容。然後他們注意到鼠妹身旁還有一個人，兩雙空洞的眼睛上下打量起了我。

左邊的問鼠妹：「這是你的男朋友？」
右邊的對鼠妹說：「你的男朋友太老了。」
鼠妹說：「他不是我的男朋友，他也不老，他是新來的。」
右邊的說：「看他還帶著一身皮肉就知道是新來的。」
左邊的問我：「你有五十多歲了吧？」
「我四十一歲。」我說。
「不可能，」右邊的說，「你起碼五十歲。」
「我確實四十一歲。」我說。
左邊的骨骼問右邊的骨骼：「他知道我們的故事吧？」
右邊的說：「四十一歲應該知道我們的故事。」
左邊的問我：「你知道我們的故事嗎？」
「什麼故事？」
「那邊的故事。」
「那邊有很多故事。」
「那邊的故事裡我們的最出名。」

「你們的是什麼故事？」

我等待他們講述自己的故事，可是他們不再說話，專心致志下棋了。我和鼠妹像是跨過門檻那樣，從他們中間跨了過去。

我跟隨鼠妹走去。我一邊走一邊環顧四周，感到樹葉彷彿在向我招手，石頭彷彿在向我微笑，河水彷彿在向我問候。

一些骨骼的人從河邊走過來，從草坡走下來，從樹林走出來。他們走到我們面前時微微點頭，雖然與我們擦肩而過，我仍然感受到他們的友善。他們中間的幾個留下親切的詢問之聲，有人詢問鼠妹是不是見到男朋友了，有人詢問我是不是剛剛過來的。他們說話的聲音似乎先是漫遊到別處，然後帶著河水的濕潤、青草的清新和樹葉的搖晃，來到我的耳邊。

我們又聽到那兩個下棋的爭吵聲音，像鞭炮一樣在不遠處的空中劈啪響起，他們的爭吵聽上去空空蕩蕩，只是爭吵的響聲。

鼠妹告訴我，他們兩個下棋時都是賴皮，一邊下棋一邊悔棋，然後爭吵，他們說了成千上萬次要離開對方，要去火化，要去自己的墓地，可是他們說這些話的時候沒有站起來過一次。

「他們有墓地？」

「他們兩個都有墓地。」鼠妹說。

「為什麼不去？」

鼠妹所知道的是他們來到這裡十多年了，姓張的在那邊是警察，他不去火化，不去墓地，是在等待那邊的父母為他爭取到烈士稱號。姓李的男子為了陪伴他也不去火化，不去墓地。姓李的說，等到姓張的被批准為烈士後，他們兩個會像兄弟一樣親密無間走向殯儀館的爐子房，火化後再各奔自己的安息之地。

鼠妹說：「我聽說他們一個殺死了另一個。」

我說：「我知道他們的故事了。」

十多年前，我的生父生母從北方的城市趕來與我相認，「火車生下的孩子」的故事有了圓滿的結局之後，另一個故事開始了。我們城市的警方在一次名叫「驚雷行動」的掃黃裡，抓獲的賣淫女子裡面有一個是男兒身，這名李姓男子為了掙錢將自己打扮成女人的模樣從事賣淫。

一個名叫張剛的剛從警校畢業的年輕警察參與了「驚雷行動」，李姓男子被抓獲的當天晚上，張剛審訊了他。李姓男子對自己男扮女裝的賣淫毫無悔改之意，而且對自己巧妙的賣淫方式得意洋洋，聲稱對付那些嫖客遊刃有餘，他說如果不是被警方抓獲，沒有嫖客會發現他是個男的。他嘆息自己的精力全部用在對付嫖客那裡，沒有提防警察，結果陰溝裡翻了船。

當時的張剛血氣方剛，這是他走出警校後第一次審訊。被審訊的偽賣淫女不僅沒有低聲下氣，還擺出一副只有警校教官才會有的派頭，張剛已是怒火中燒，當這個偽賣淫女將警方比喻成陰溝時，張剛忍無可忍地飛起一腳，踢中李姓男子的下身，李姓男子捂住自己的下身嗷嗷亂叫，在地上打滾了十多分鐘，然後嗚嗚地哭叫起來：

「我的蛋子啊，我的蛋子碎了……」

張剛不屑地說：「你留著蛋子也沒什麼用處。」

這名李姓男子被拘留十五天，他從看守所出來後，開始了長達三年的抗議。起初他風雨無阻每天出現在公安局的大門口，手裡舉著一塊牌子，上面寫著「還我兩個蛋子」。為了證明自己的兩個蛋子不是擺設，而是真材實料，他不厭其煩地向行人講解自己如何用賣淫掙來的錢再去嫖娼。

有人指出牌子上「蛋子」兩個字過於粗俗，他虛心接受，將牌子上的話改成「還我一雙睾丸」，並且向行人說明：

「我文明用語了。」

李姓男子曠日持久的抗議，讓公安局的局長和副局長們頭疼不已，每天看見李姓男子舉著牌子站在大門口，實在是一個麻煩，尤其是上面領導下來視察時，會向局長和副局長們打聽：

「大門外的是什麼睾丸？」

局長和副局長開會商議後，把張剛調離公安局，調到下面的一個派出所，李姓男子的「一雙睾丸」追隨到了那個派出所。一年以後，那個派出所的所長和副所長們叫苦不迭，他們每週都要跑到局裡面兩次以上，向局長副局長又是送禮又是訴苦，說是派出所已經無法正常工作。局長副局長們體恤下屬的苦衷，把張剛調到看守所，李姓男子的「一雙睾丸」追隨到看守所。看守所的所長副所長們頭疼了兩年後，向局長副局長們反映，說看守所外面整天晃蕩「一雙睾丸」，法律的尊嚴都沒有了，所長副所長們說看守所已經忍受兩年，這「一雙睾丸」也該挪挪地方了。局長副局長們覺得看守所確實不容易，這「一雙睾丸」也確實該換個地方。可是沒有一個派出所的所長願意接收張剛，他們知道張剛一來，這「一雙睾丸」必來。

張剛知道看守所想把他弄出去，又沒有一個派出所願意接收他。他也不想在看守所待下去，他去找公安局的局長，申請調回公安局。局長聽完張剛的話，腦子裡首先出現的情景就是「一雙睾丸」回到公安局大門口來晃蕩了。局長沉吟片刻，詢問張剛是否打算換一份工作，張剛問換什麼工作，局長建議張剛辭職，開一家小店什麼的。局長說張剛脫警後，那「一雙睾丸」也許不再跟著他了。張剛苦笑一下，告訴局長他前面只有兩條路，一是把「一雙睾丸」殺了，二是舉著一塊要求回到局裡的牌子和「一雙睾丸」一起站在公安局的大門口。張剛說完後，眼睛濕潤了。局長對張剛的遭遇十分同情，再說局長快要退休了，他退休後也就不在乎「一雙睾丸」在公安局大門外晃蕩。局長站起來，走到張剛身旁，拍拍他的肩膀說：

「你回來吧。」

張剛回到公安局，李姓男子的「一雙睾丸」這次竟然沒有跟隨而來。張剛回到局裡工作一個月，另外部門的人見到他時，仍然以為他是來局裡辦事的，不知道他已經調回來了，問他最近為何總是往局裡跑，看守所出了什麼事？張剛說他調回來工作了。這些人十分驚訝，說怎麼沒見到大門外有「一雙睾丸」？局長副局長們也感到驚訝，有一次開會時，一位副局長忍不住說：

「大門口的睾丸沒了，怎麼回事？」

「一雙睾丸」雖然失蹤了，張剛仍然有些忐忑，每天上班下班時，眼睛不由自主往大門口尋找，確定李姓男子沒有出現，懸著的心才會放下。起初張剛擔心李姓男子可能是病了，病癒後還會來到公安局的大門口晃蕩。可是三個月過去了，半年過去了，「一雙睾丸」始終沒有出現，張剛終於鬆了一口氣，覺得自己可以開始正常的工作和生活了。

一年多以後，當公安局裡的人完全忘記「一雙睾丸」時，李姓男子出現了。這次他沒有舉著「還我一雙睾丸」的牌子，而是揹著一個黑包長驅直入，公安局的門衛看見這個身影與一輛從裡面出來的麵包車擦身而過，門衛對著這個身影喊叫了幾聲，問他是幹什麼的，他頭也不回地說：

「談工作的。」

門衛叫道：「過來登記一下。」

門衛話音剛落，李姓男子已經走入公安局的大樓，他在過道裡向一個警察打聽張剛在哪個辦公室，那個警察說張剛在五樓的503房間之後，覺得李姓男子有些面熟，不過沒有想起來四年前大門口聞名遐邇的「一雙睾丸」。李姓男子沒有坐電梯，他擔心在電梯裡被人認出來，而是沿著樓梯走上五樓，他走進503房間時，有四個警察坐在裡面，他一眼認出張剛，拉開黑包走過去叫上一聲：

「張剛。」

正在桌子上寫著什麼的張剛抬起頭來，認出了李姓男子，就在張剛疑惑地看著他時，他從黑包裡抽出一把長刀砍向張剛的脖子，鮮血噴湧而出，張剛用手捂住脖子，身體無力地靠在椅子上，剛剛發出兩聲呻吟，長刀刺進他的胸口。另外三個警察這時才反應過來，三個警察起身衝過來，李姓男子從張剛的胸口拔出長刀，揮向這三個警察，三個警察只能用胳膊招架，他們被砍得鮮血淋淋，逃到走道裡大聲喊叫：

「殺人啦，殺人啦……」

公安局的五樓亂成一團，李姓男子渾身是血見人就砍，一邊砍一邊呼哧呼哧喘氣。後來其他樓層的警察也趕來了，二十多個警察揮舞電棍，才將已經沒有力氣靠在牆上的李姓男子制服。

張剛死在送往醫院的救護車裡，李姓男子半年後被執行了死刑。

這個殺人案轟動我們的城市，人們議論紛紛，說這些警察平日裡耀武揚威，其實個個都是廢物，一個沒有蛋子的男人都能夠輕而易舉砍死一個警察，砍傷九個警察，其中兩個重傷。如果換成一群有蛋子的男人，還不將公安局殺得屍橫遍野。公安局裡的警察聽到這些議論後很不服氣，他們說不知道這個李姓男子是來殺人的，否則早就把他制服了。有一個警察對他的幾個朋友說，平日裡揹著包來公安局的都是送禮的，誰也沒想到這個人從包裡拿出來的不是禮物，是一把殺人的刀。

後來的十多年裡，張剛的父母一直努力為兒子爭取烈士的稱號。起先市公安局不同意，理由是張剛並非因公殉職。張剛的父母踏上漫漫上訪路，先去省裡的公安廳，後去北京的公安部。市公安局對張剛父母的上訪頭疼不已，有一年北京兩會期間，張剛父母曾經在天安門廣場上打出橫幅，要求追認他們兒子為烈士。這讓北京有關部門十分惱火，省裡和市裡的相關部門受到嚴厲批評。市公安局只好向上面打報告，請求追認張剛為烈士。省公安廳上報北京，北京一直沒有批覆。張剛的父母仍然堅持不懈上訪，尤其是北京召開兩會和黨代會期間，他們都會跳上北上的火車，可是每次都被阻截在途中，然後關押在不同的小旅店裡，等到北京的會議結束，他們才被釋放。張剛父母為兒子爭取烈士稱號的上訪故事在網上披露後，市裡不再派人阻截和關押張剛父母，更換了一種方式，每當北京召開兩會或者黨代會的敏感時期，他們都要派人陪同張剛父母出去遊山玩水，張剛父母每年都能夠享受到只有領導們才能享受的公款旅遊。張剛父母經歷了漫長的沒有結果的上訪之後，絕望的心態變成了遊戲的心態，每當敏感時期來臨，他們就會向市裡提出來，還有哪個著名的風景區沒有去過，意思是要去那裡旅遊。市裡為此叫苦不迭，說是十多年來花在張剛父母身上的錢差不多有一百萬了。

第五天

我尋找我的父親，在這裡，在骨骼的人群裡。我有一個奇妙的感覺，這裡有他的痕跡，雖然是雁過留聲般的縹緲，可是我感覺到了，就像頭髮感覺到微風那樣。我知道即使父親站在面前，我也認不出來，但是他會一眼認出我。我迎著骨骼的他們走去，有時候是一群，有時候是幾個，我自我展覽地站在他們前面，期望中間有一個聲音響起：

「楊飛。」

我知道這個聲音會是陌生的，如同李青的聲音是陌生的那樣，但是我能夠從聲調裡分辨出父親的叫聲。在那個離去的世界裡，父親叫我的聲音裡總是帶著親切的聲調，在這個世界裡應該也是這樣。

這裡四處遊蕩著沒有墓地的身影，這些無法抵達安息之地的身影恍若移動的樹木，時而是一棵一棵分開的樹，時而是一片一片聚集起來的樹林。我行走在他們中間，彷彿行走在被砍伐過的森林裡。我期待父親的聲音出現，在前面、在後面、在左邊、在右邊，我的名字被他喊叫出來。

我不時遇到手臂上戴著黑紗的人，那些被黑紗套住的袖管顯得空空蕩蕩，我知道他們來到這裡很久了，他們的袖管裡已經沒有皮肉，只剩下骨骼。他們和我相視而笑，他們的笑容不是在臉上的表情裡，而是在空洞的眼睛裡，因為他們的臉上沒有表情了，只有石頭似的骨骼，但是我感受到那些會心的微笑，因為我們是同樣的人，在另外一個世界裡沒有人會為我們戴上黑紗，我們都是在自己悼念自己。

一個手臂上戴著黑紗的人注意到我尋找的眼神，他站立在我面前，我看著他骨骼的面容，他的前額上有一個小小洞口，他發出友好的聲音。

「你在找人？」他問我，「你是找一個人，還是找幾個人？」

「找一個人。」我說，「我的父親，他可能就在這裡。」

「你的父親？」

「他叫楊金彪。」

「名字在這裡沒有用。」

「他六十多歲……」

「這裡的人看不出年齡。」

我看著在遠處和近處走動的骨骼，確實看不出他們的年齡。我的眼睛只能區分高的和矮的，寬的和細的；我的耳朵只能區分男的和女的，老的和小的。

我想到父親最後虛弱不堪的模樣，我說：「他身高一米七，很瘦的樣子……」

「這裡的人都是很瘦的樣子。」

我看著那些瘦到只剩下骨骼的人，不知道如何描述我的父親了。

他問我：「你記得他是穿什麼衣服過來的？」

「鐵路制服，」我告訴他，「嶄新的鐵路制服。」

「他過來多久了？」

「一年多了。」

「我見過穿其他制服的，沒見過穿鐵路制服的。」

「也許別人見過穿鐵路制服的。」

「我在這裡很久了，我沒見過，別人也不會見過。」

「也許他換了衣服。」

「不少人是換了衣服來到這裡的。」

「我覺得他就在這裡。」

「你要是找不到他，他可能去墓地了。」

「他沒有墓地。」

「沒有墓地，他應該還在這裡。」

我在尋找父親的遊走裡不知不覺來到那兩個下棋的骨骼跟前，他們兩個盤腿坐在草地上，像是兩個雕像那樣專注。他們的身體紋絲不動，只是手在不停地做出下棋的動作。我沒有看見棋盤，也沒有看見棋子，只看見他們骨骼的手在下棋，我看不懂他們是在下象棋，還是在下圍棋。

一隻骨骼的手剛剛放下一顆棋子，馬上又拿了起來，兩隻骨骼的手立刻按住這隻骨骼的手。兩隻手的主人叫了起來：「不能悔棋。」

一隻手的主人也叫了起來：「你剛才也悔棋了。」

「我剛才悔棋是因為你前面悔棋了。」

「我前面悔棋是因為你再前面悔棋了。」

「我再前面悔棋是因為你昨天悔棋了。」

「昨天是你先悔棋，我再悔棋的。」

「前天先悔棋的是你。」

「再前天是誰先悔棋？」

兩個人爭吵不休，他們互相指責對方悔棋，而且追根溯源，指責對方悔棋的時間從天數變成月數，又從月數變成年數。

兩隻手的主人叫道：「這步棋不能讓你悔，我馬上要贏了。」

一隻手的主人叫道：「我就要悔棋。」

「我不和你下棋了。」

「我也不和你下了。」

「我永遠不和你下棋了。」
「我早就不想和你下棋了。」
「我告訴你，我要走了，我明天就去火化，就去我的墓地。」
「我早就想去火化，早就想去我的墓地了。」
我打斷他們的爭吵：「我知道你們的故事。」
「這裡的人都知道我們的故事。」一個說。
「新來的可能不知道。」另一個糾正道。
「就是新來的不知道，我們的故事也爛大街了。」
「文明用語的話，我們的故事家喻戶曉。」
我說：「我還知道你們的友情。」
「友情？」
他們兩個發出嘻嘻笑聲。
一個問另一個：「友情是什麼東西？」
另一個回答：「不知道。」
他們兩個嘻嘻笑著抬起頭來，兩雙空洞的眼睛看著我，一個問我：「你是新來的？」

我還沒有回答，另一個說了：「就是那個漂亮妞帶來的。」兩個骨骼低下頭去，嘻笑著繼續下棋。好像剛才沒有爭吵，剛才誰也沒有悔棋。

他們下了一會兒，一個抬頭問我：「你知道我們在下什麼棋？」

我看了看他們手上的動作說：「象棋。」

「錯啦，是圍棋。」

接著另一個問我：「現在知道我們下什麼棋了吧？」

「當然，」我說，「是圍棋。」

「錯啦，我們下象棋了。」

然後他們兩個同時問我：「我們現在下什麼棋？」

「不是圍棋，就是象棋。」我說。

「又錯啦。」他們說，「我們下五子棋了。」

他們兩個哈哈大笑，兩個做出同樣的動作，都是一隻手捂住自己肚子的部位，另一隻手搭在對方肩膀的部位。兩個骨骼在那裡笑得不停地抖動，像是兩棵交叉在一起的枯樹在風中抖動。
笑過之後，兩個骨骼繼續下棋，沒過一會兒又因為悔棋爭吵起來。我覺得他們下棋就是為了爭吵，兩個你來我往地指責對方悔棋的歷史。我站在那裡，聆聽他們快樂下棋的歷史和悔棋後快樂爭吵的歷史。他們其樂無窮地指責對方的悔棋劣跡，他們的指責追述到七年前的時候，我沒有耐心了，我知道還有七、八年的時間等待他們的追述，我打斷他們。
「你們誰是張剛？誰是李姓，」我遲疑一下，覺得用當時報紙上的李姓男子不合適，我說，「誰是李先生？」
「李先生？」
他們兩個互相看看後又嘻嘻笑起來。
然後他們說：「你自己猜。」
我仔細辨認他們，兩個骨骼似乎一模一樣，我說：「我猜不出來，你們像是雙胞胎。」
「雙胞胎？」
他們兩個再次嘻嘻笑了。然後重新親密無間下起棋來，剛才暴風驟雨似的爭吵被我打斷後立刻煙消雲散。

接著他們故伎重演，問我：「你知道我們在下什麼棋？」

「象棋、圍棋、五子棋。」我一口氣全部說了出來。

「錯啦。」他們說，「我們在下跳棋。」

他們再次哈哈大笑，我再次看到他們兩個一隻手捂住自己肚子的部位，另一隻手搭在對方肩膀的部位，兩個骨骼節奏整齊地抖動著。

我也笑了。十多年前，他們兩個相隔半年來到這裡，他們之間的仇恨沒有越過生與死的邊境線，仇恨被阻擋在了那個離去的世界裡。

我尋找父親的行走周而復始，就像鐘表上的指針那樣走了一圈又一圈，一直走不出鐘表。我也一直找不到父親。

我幾次與一個骨骼的人群相遇，有幾十個，他們不像其他的骨骼，有時聚集到一起，有時又分散開去，他們始終圍成一團行走著。如同水中的月亮，無論波浪如何拉扯，月亮始終圍成一團蕩漾著。

我第四次與他們相遇時站住腳，他們也站住了，我與他們互相打量。他們的手連接在一起，他們的身體依靠在一起，他們組合在一起像是一棵茂盛的大樹，不同的樹枝高高低低。我知道他們中間有男人有女人，有老人有孩子，我向他們微笑，對他們說：

「你們好！」

「你好！」

我聽到他們齊聲回答，有男聲和女聲，有蒼老的聲音和稚嫩的聲音，我看到他們空洞的眼睛裡傳遞出來的笑意。

「你們有多少人？」我問他們。

他們還是齊聲回答：「三十八個。」

「你們為什麼總是在一起？」我繼續問。

「我們是一起過來的。」男聲回答。

「我們是一家人。」女聲補充道。他們中間響起一個男孩的聲音：「為什麼你只有一個人？」

「我不是一個人。」我低頭看看自己左臂上的黑紗說，「我在尋找我的父親，他穿著鐵路制服。」

我面前的骨骼人群裡有一個聲音說話了：「我們沒有見過穿鐵路制服的人。」

「他可能是換了衣服來到這裡的。」我說。

一個小女孩脆生生的聲音響起來：「爸爸，他是新來的嗎？」

所有的男聲說：「是的。」

小女孩繼續問：「媽媽，他是新來的嗎？」

所有的女聲說：「是的。」

我問小女孩：「他們都是你的爸爸和媽媽？」

「是的。」小女孩說，「我以前只有一個爸爸一個媽媽，現在有很多爸爸很多媽媽。」

剛才的男孩問我：「你是怎麼過來的？」

「好像是一場火災。」我說。

男孩問身邊的骨骼們：「為什麼他沒有燒焦？」

我感受到了他們沉默的凝視，我解釋道：「我看見火的時候，聽到了爆炸，房屋好像倒塌了。」

「你是被壓死的嗎？」小女孩問。

「可能是。」

「你的臉動過了。」男孩說。

「是的。」

小女孩問我：「我們漂亮嗎？」

我尷尬地看著面前站立的三十八個骨骼，不知道如何回答小女孩脆生生的問題。

小女孩說：「這裡的人都說我們愈來愈漂亮了。」

「是這樣的，」男孩說，「他們說到這裡來的人都是愈來愈醜，只有我們愈來愈漂亮。」

我遲疑片刻，只能說：「我不知道。」

一個老者的聲音在他們中間響了起來：「我們在火災裡燒焦了，來到這裡像是三十八根木炭，後來燒焦的一片片掉落，露出現在的樣子，所以這裡的人會這麼說。」

這位老者向我講述起他們的經歷，另外三十七個無聲地聽著。我知道他們的來歷了，在我父親不辭而別的那一天，距離我的小店鋪不到一公里的那家大型商場突然起火，銀灰色調的商場燒成了黑乎乎木炭的顏色。市政府說是七人死亡，二十一人受傷，其中兩人傷勢嚴重。網上有人說死亡人數超過五十，還有人說超過一百。我看著面前的三十八個骨骼，這些都是被刪除的死亡者，可是他們的親人呢？

我說：「你們的親人為什麼也要隱瞞？」

「他們受到威脅，也拿到封口費。」老者說，「我們已經死了，只要活著的親人們能夠過上平安的生活，我們就滿足了。」

「孩子呢？他們的父母……」

「現在我們是孩子的父母。」老者打斷我的話。

然後他們手牽著手，身體靠著身體從我身旁無聲地走了過去。他們圍成一團走去，狂風也不能吹散他們。

我遠遠看見兩個肉體完好的人從一片枝繁葉茂的桑樹林那邊走了過來。這是衣著簡單的一男一女，他們身上所剩無幾的布料不像是穿著，像是遮蔽。他們走近時，我看清了女的身上只有黑色的內褲和胸罩，男的只有藍色的內褲。女的一副驚魂未定的表情，蜷縮著身體走來，雙手放在大腿上，彷彿在遮蓋大腿。男的彎腰摟住她走來，那是保護的姿態。

他們走到我面前，仔細看著我，他們的目光像是在尋找記憶裡熟悉的面容。我看見失望的表情在他們兩個的臉上漸漸浮現，他們確定了不認識我。

男的問我：「你是新來的？」

我點點頭，問他們：「你們也是新來的，你們是夫妻？」

他們兩個同時點頭，女的發出可憐的聲音：「你在那邊見過我們的女兒嗎？」

我搖了搖頭，我說：「那邊人山人海，我不知道哪個是你們的女兒。」

女的傷心地垂下了頭，男的用手撫摸她的肩膀，安慰她：「還會有新來的。」

女的重複我剛才的話：「可是那邊人山人海。」

男的繼續說：「總會有一個新來的在那邊見過小敏。」

小敏？我覺得這是一個曾經聽到過的名字。我問他們：「你們是怎麼過來的？」

他們臉上掠過絲絲恐懼的神色，這是那個離去世界裡的經歷投射到這裡的陰影。他們的眼睛躲開我的目光，可能是眼淚在躲開我的目光。

然後男的講述起那個可怕的經歷。他們住在盛和路上，市裡要拆除那裡的三幢樓房，那裡的住戶們拒絕搬遷，與前來拆遷的對抗了三個多月，拆遷的在那個可怕的上午實施了強拆行動。他們夫妻兩個下了夜班清晨回家，叫醒女兒，給她做了早餐，女兒揹著書包去上學，他們上床入睡。他們在睡夢裡聽到外面擴音器發出的一聲聲警告，他們太疲倦了，沒有驚醒過來。此前他們聽到過擴音器發出的警告聲，見到過推土機嚴陣以待的架式，可是在與住戶們對峙之後，擴音器和推土機撤退而去。所以他們以為又是來嚇唬的，繼續沉溺在睡夢裡。直到樓房響聲隆隆劇烈搖晃起來，他們才被嚇醒。他們住在樓房的一層，男的從床上跳起來，拉起女的朝門口跑去，男的已經打開屋門，女的突然轉身跑向沙發去拿衣服，男的跑回去拉女的，樓房轟然倒塌。

男的講述的聲音在這裡戛然而止，女的哭泣之聲響起了。

「對不起，對不起……」

「不要說對不起。」

「我不該拿衣服……」

「來不及了，你就是不拿衣服也來不及了。」

「我不拿衣服，你就不會跑回來，你就能逃出去。」

「我逃出去了，你怎麼辦？」

「你逃出去了，小敏還有父親。」

我知道他們的女兒是誰了，就是那個穿著紅色羽絨服坐在鋼筋水泥的廢墟上，在寒風裡做作業等待父母回來的小女孩。

我告訴他們：「我見到過你們的女兒，她叫鄭小敏。」

他們兩個同時叫了起來：「是的，是叫鄭小敏。」

我說：「她念小學四年級。」

「是的，」他們急切地問，「你怎麼知道的？」

我對男的說：「我們通過電話，我是來做家教的那個。」

「你是楊老師？」

「對，我是楊飛。」

男的對女的說：「他就是楊老師，我說我們收入不多，他馬上答應每小時只收三十元。」

女的說：「謝謝你。」

在這裡聽到感謝之聲，我苦笑了。

男的問我：「你怎麼也過來了？」

我說：「我坐在一家餐館裡，廚房起火後爆炸了。我和你們同一天過來的，比你們晚幾個小時。我在餐館裡給你手機打過電話，你沒有接聽。」

「我沒有聽到手機響。」

「你那時候在廢墟下面。」

「是的，」男的看著女的說，「手機可能被壓壞了。」

女的急切地問：「小敏怎麼樣了？」

「我們約好下午四點到你們家，我到的時候那三幢樓房沒有了……」

我猶豫之後，沒有說他們兩個在盛和路強拆事件中的死亡被掩蓋了。我想，一個他們夫妻兩人同時因公殉職的故事已經被編造出來，他們的女兒會得到兩個裝著別人骨灰的骨灰盒，然後在一個美麗的謊言裡成長起來。

「小敏怎麼樣了？」女的再次問。

「她很好，」我說，「她是我見過的最懂事的孩子，你們可以放心，她會照顧好自己的。」

「她只有十一歲。」女的心酸地說，「她每次出門上學，走過去後都會站住腳，喊叫爸爸和媽媽，等我們答應了，她說一聲『我走了』，再等我們答應了，她才會去學校。」

「她和你說了什麼？」男的問。

我想起了在寒風裡問她冷不冷，她說很冷，我讓她去不遠處的肯德基做作業，我說那裡暖和，她搖搖頭，說爸爸媽媽回來會找不到她的。她不知道父母就在下面的廢墟裡。

我再次猶豫後，還是把這些告訴了他們，最後說：「她就坐在你們上面。」

我看見淚水在他們兩個的臉上無聲地流淌，我知道這是不會枯竭的淚水。我的眼睛也濕潤了，趕緊轉身離去，走出一段路程後，身後的哭聲像潮水那樣追趕過來，他們兩個人哭出了人群的哭聲。我彷彿看見潮水把身穿紅色羽絨服的小女孩沖上沙灘，潮水退去之後，她獨自擱淺在那邊的人世間。

我看到了這裡的盛宴。在一片芳草地上，有碩果累累的果樹，有欣欣向榮的蔬菜，還有潺潺流動的河水。死者分別圍坐在草地上，彷彿圍坐在一桌一桌的酒席旁，他們的動作千姿百態，有埋頭快吃的，有慢慢品嘗的，有說話聊天的，有抽菸喝酒的，有舉手乾杯的，有吃飽後摸起了肚子的……我看見幾個肉體的人和幾個骨骼的人穿梭其間，他們做出來的是端盤子的動作和斟酒的動作，我知道這幾個是服務員。

我走了過去，一個骨骼的人迎上來說：「歡迎光臨譚家菜。」

這個少女般的聲音說出來的譚家菜讓我一怔，然後我聽到一個陌生的聲音喊叫我的名字。

「楊飛。」

我沿著聲音望去，看到譚家鑫一瘸一拐地快步走了過來，他的右手是托著一個盤子的動作。我看見了他臉上的喜悅表情，這是在那個離去的世界裡沒有見過的表情，在那裡他面對我的時候只有苦笑。他走到我跟前，欣喜地說：

「楊飛，你是哪天到這裡的？」

「昨天。」我說。

「我們過來四天了。」

譚家鑫說話時，右手一直是托著盤子的動作。他回頭喊叫他的妻子和女兒，還有女婿。他大聲喊叫他們的名字，把自己的喜悅傳遞給他們：

「楊飛來啦。」

我見到譚家鑫的妻子、女兒和女婿走來了，他們的手都是端著盤子和提著酒瓶的動作。譚家鑫對著走來的他們說：

「譚家菜今天開張，楊飛今天就來了。」

他們走到我跟前，笑呵呵地上下打量我。譚家鑫的妻子說：「你看上去瘦了一些。」

「我們也瘦了。」譚家鑫快樂地說，「來到這裡的人都會愈來愈瘦，這裡的人個個都是好身材。」

譚家鑫的女兒問我：「你怎麼也到這裡來了？」

「我沒有墓地。」我說，「你們呢？」

譚家鑫的臉上掠過一絲哀愁，他說：「我們的親戚都在廣東，他們可能還不知道我們的事。」

譚家鑫的妻子說：「我們一家人在一起。」快樂的表情回到了譚家鑫的臉上，他說：「對，我們一家人在一起。」

我問譚家鑫：「你的腿斷了？」

譚家鑫笑聲朗朗地說：「腿斷了我走路更快。」

這時那邊響起了叫聲：「我們的菜呢，我們的酒呢……」

譚家鑫轉身對那邊喊叫一聲：「來啦。」

譚家鑫右手是托著盤子的動作，一瘸一拐地快步走去。他的妻子、女兒和女婿是端著盤子提著酒瓶的動作，他們向著那邊急匆匆地走去。

譚家鑫走去時回頭問我：「吃什麼？」

「還是那碗麵條。」

「好咧。」

我尋找到一個座位，坐在草地上，感覺像是坐在椅子上。我的對面坐著一個骨骼，他做出來的只有飲酒的動作，沒有用筷子挾菜吃飯的動作，他空洞的眼睛望著我手臂上的黑紗。

我覺得他的穿著奇怪，黑色的衣服看上去很寬大，可是沒有袖管，暴露出了骨骼的手臂和肩膀，黝黑的顏色彷彿經歷長年累月的風吹日曬。黑衣在兩側肩膀處留下了毛邊，兩隻袖管好像是被撕下的。

我們互相看著，他先說話了：「哪天過來的？」

「第五天了，」我說，「到這裡是昨天。」

他舉起酒杯一飲而盡，放下酒杯後是斟酒的動作。

他感嘆道：「孤零零一個人。」

我低頭看看自己手臂上的黑紗。

「你還知道給自己戴上黑紗過來，」他說，「有些孤零零的冒失鬼來到這裡，沒戴黑紗，看見別人戴著黑紗，就羨慕上了，就來纏著我，要我撕給他們一截袖管當作黑紗。」

我看著他暴露在外的骨骼的手臂和肩膀，微微笑了起來。他做出了舉杯一飲而盡和放下酒杯的動作。

他用手比畫著說：「原來的袖管很長，都超過手指，現在你看看，兩個肩膀都露出來了。」

「你呢，」我問他，「你不需要黑紗？」

「我在那邊還有家人，」他說，「他們可能忘掉我了。」

他做出拿起酒瓶的動作和給酒杯斟酒的動作，動作顯示是最後一杯了，他再次做出一飲而盡的動作。

「好酒。」他說。

「你喝的是什麼酒？」我問他。

「黃酒。」他說。

「什麼牌子的黃酒？」

「不知道。」我笑了，問他：「你過來多久了？」

「忘了。」

「忘了的話，應該很久了。」

「太久了。」

「你在這裡應該見多識廣，我請教一個問題。」我說出了思緒裡突然出現的念頭，「我怎麼覺得死後反而是永生。」

他空洞的眼睛看著我沒有說話。

我說：「為什麼死後要去安息之地？」

他似乎笑了，他說：「不知道。」

我說：「我不明白為什麼要把自己燒成一小盒灰？」

他說：「這個是規矩。」

我問他：「有墓地的得到安息，沒墓地的得到永生，你說哪個更好？」

他回答：「不知道。」然後他扭頭喊叫：「服務員，買單。」

一個骨骼的女服務員走過來說：「五十元。」

他做出了將五十元放在桌子上的動作，對我點點頭後起身，離去時對我說：「小子，別想那麼多。」

我看著他身上寬大的黑色衣服和兩條纖細的骨骼手臂，不由想到甲殼蟲。他的背影逐漸遠去，消失在其他骨骼之中。

譚家鑫的女婿走過來，雙手是端著一碗麵條的動作，隨後是遞給我的動作，我的雙手是接過來的動作。

我做出把那碗麵條放在草地上的動作，感覺像是放在桌子上。然後我的左手是端著碗的動作，右手是拿著筷子的動作，我完成了吃一口麵條的動作，我的嘴裡開始了品嘗的動作。我覺得和那個已經離去世界裡的味道一樣。

我意識到四周充滿歡聲笑語，他們都在快樂地吃著喝著，同時快樂地數落起了那個離去世界裡的毒大米、毒奶粉、毒饅頭、假雞蛋、皮革奶、石膏麵條、化學火鍋、大便臭豆腐、蘇丹紅、地溝油。

在朗朗笑聲裡，他們讚美起了這裡的飲食，我聽到新鮮美味健康這樣的辭彙接踵而來。

一個聲音說：「全中國只有兩個地方的食品是安全的。」

「哪兩個地方？」

「這裡是一個。」

「還有一個呢？」

「還有一個就是那邊的中南海。」

「說得好，」有人說，「我們在這裡享受的是中央領導的吃喝待遇。」

我微笑時發現自己吃麵條的動作沒有了，我意識到已經吃完，這時聽到旁邊有人喊叫：

「買單。」

一個骨骼的服務員走過來，對他說：「八十七元。」

他對服務員說：「給你一百。」

服務員說：「找你十三元。」

他說：「謝啦。」

整個結帳過程只是對話，動作也沒有。這時譚家鑫一瘸一拐向我走過來，他手裡是端著一個盤子的動作，我知道是送給我一個果盤，我做出接過來的動作。他在我對面坐下來，對我說：

「這是剛剛摘下來的新鮮水果。」

我開始了吃水果的動作，我感覺到了甘美香甜，我說：「譚家菜這麼快又開張了。」

「這裡沒有公安、消防、衛生、工商、稅務這些部門。」他說，「在那邊開一家餐館，消防會拖上你一兩年，說你的餐館有火災隱患；衛生會拖上你一兩年，說你衛生條件不合格。你只有給他們送錢送禮了，他們才允許你開業。」

隨即他有些不安地問我：「你沒有恨我們吧？」

「為什麼要恨你們？」

「我們把你堵在屋子裡。」

我想起在那個世界裡的最後情景，譚家鑫的眼睛在煙霧裡瞪著我，對我大聲喊叫。

我說：「你好像在對我喊叫。」

「我叫你快跑。」他嘆了一口氣說，「我們誰也沒有堵住，就堵住了你。」

我搖搖頭說：「不是你們堵住我，是我自己沒有走。」

我沒有告訴他那張報紙和報紙上關於李青自殺的報導，這個說起來過於漫長。也許以後的某一個時刻，我會向他娓娓道來。

譚家鑫仍然在內疚裡不能自拔，他向我解釋為何在廚房起火後，他們要堵住大門讓顧客付錢後再走，他說他的飯館經營上入不敷出三年多了。

「我昏了頭。」他說，「害了自己，害了家人，也害了你。」

「來到這裡也不錯，」我說，「我父親也在這裡。」

「你父親在這裡？」譚家鑫叫了起來，「他怎麼沒有一起來？」

「我還沒有找到他。」我說，「我覺得他就在這裡。」

「你找到後，一定要帶他過來。」譚家鑫說。

「我會帶他過來的。」我說。

譚家鑫在我對面坐了一會兒，他不再是愁眉不展，而是笑容滿面。他起身離開時再次說，找到父親後一定要帶他到這裡來嘗一嘗。

然後我結帳了，一個骨骼的女聲走過來，我想她是譚家鑫剛剛招收來的服務員。她對我說：

「麵條十一元，果盤是贈送的。」

我說：「給你二十元。」

她說：「找你九元。」

我們之間也是只有對話，沒有動作。當我起身走去時，這個骨骼的女聲在後面熱情地說：

「謝謝光臨！歡迎下次再來！」

在一片青翠欲滴的竹林前，一個袖管上戴著黑紗的骨骼走到我面前。我注意到他前額上的小小圓洞，我見過他，向他打聽過父親的行蹤。我向他微笑，他也在微笑，他的微笑不是波動的表情，而像輕風一樣從他空洞的眼睛和空洞的嘴裡吹拂出來。

「那裡有篝火。」他說，「就在那裡。」

我順著他的手指望向天邊似的望向遠處。遠處的草地正在寬廣地鋪展過去，草地結束的地方有閃閃發亮的跡象，像是一根絲帶，我感到那是河流。那裡還有綠色的火，看上去像是打火機打出來的微小之火。我看見一些骨骼的人從山坡走下去，從樹林走出來，陸續走向那裡。

「過去坐一會兒吧。」他說。

「那是什麼地方？」我問他。

「河邊，」他說，「有一堆篝火。」

「你們經常去那裡？」

「不是經常，每隔一段時間去一次。」

「這裡的人都去？」

「不是，」他看看我袖管上的黑紗，又指指自己袖管上的黑紗說，「是我們這樣的人。」

我明白了，那裡是自我悼念者的聚集之地。我點點頭，跟隨他走向絲帶般的河流和微小的篝火。我們的腳步在草叢裡延伸過去，青草發出了嗞嗞響聲。

我看著他袖管上的黑紗，問他：「你是怎麼過來的？」

「快九年了。」他說。

他的聲音裡出現了追憶的調子：「那時候我結婚兩年多，我老婆有精神病，結婚前我不知道，只和她見過三次，覺得她笑起來有些奇怪，我心裡不踏實，我父母覺得沒什麼，女方的家境很好，嫁妝很多，嫁妝裡還有一張兩萬元的存摺。我們那邊的農村很窮，找對象結婚都是父母做主，兩萬元可以蓋一幢兩層的樓房，我父母就定下這門親事，結婚後知道她有精神病。

「她還好，不打不鬧，就是一天到晚嘿嘿笑個不停，什麼活兒都不幹。我父母後悔了，覺得對不起我，但是他們不讓我離婚，說樓房蓋起來了，用的是她嫁妝的錢，不能過河拆橋。我也沒想到要離婚，我想就這樣過下去吧，再說她在精神病裡面算是文靜的，晚上睡著了和正常人沒什麼兩樣。

「那年的夏天，她離家出走，她自己也不知道走到什麼地方。我出去找她，我父母和哥哥嫂子也出去找她，去了很多地方，到處打聽她，沒有她的消息。我們找了三天，找不到她，就去告訴她娘家的人，她娘家的人懷疑是我把她害死的，就去縣裡公安局報案。

「她出走的第五天，離我們村兩公里遠的地方有一個池塘裡浮起來一具女屍，夏天太熱，女屍被發現時已經腐爛，認不出樣子，警察讓我和她娘家的人去辨認，我們都認不出來，只是覺得女屍的身高和她差不多。警察說女屍淹死和她出走是同一天，我覺得就是她，她娘家的人也覺得就是她。我想她可能是不小心走進池塘裡去的，她有精神病，不知道走進池塘會淹死的。我心裡還是有點難過，不管怎樣我們做了兩年多的夫妻。

「過了兩天，警察來問我，她出走那天我在做什麼，那天我進城了，我是晚上回家發現她不在的。警察問有沒有人可以證明我進城了，我想了想說沒有，警察給我做了筆錄就走了。她娘家的人認定是我殺了她，警察也這麼認為，就把我抓了起來。

「我父母和哥哥嫂子開始不相信我會殺她，後來我自己承認殺了她，他們就相信了。他們很傷心，也怨恨我，我讓他們做人都抬不起頭來，我們那邊的農村就是這樣，家裡出了個殺人犯，全家人都不敢見人。法庭宣判我死刑時他們一個都沒有來，她娘家的人都來了。我不怪他們，我被抓起來後，他們想來見我，警察不讓他們見，他們都是老實巴交的人，不知道我是冤枉的。

「我承認殺了她是沒有辦法，警察把我吊起來打，逼我認罪，屎尿都被他們打出來了，我的兩隻手被捆綁起來吊了兩天，因為失血有四根手指黑了，他們說是壞死了。以後他們就把我反吊起來打，兩隻腳吊在上面，頭朝下，反吊起來打最疼的不是身上了，是眼睛，汗水是鹹的，流進眼睛跟針在扎著眼睛那麼疼。我想想還是死了好，就承認了。」

他停頓了一下問我：「為什麼眉毛要長在眼睛上面？」

「為什麼？」

「為了擋汗水。」

我聽到他的輕輕笑聲，像是獨自的微笑。

他指指自己的後腦，又指指自己前額上的圓洞說：「子彈從後面打進去，從這裡出來的。」

他低頭看看自己袖管上的黑紗，繼續說：「我來到這裡，看見有人給自己戴著黑紗，也想給自己戴，我覺得那邊沒有人給我戴黑紗，我的父母和哥哥嫂子不敢戴，因為我是殺人犯。我看見一個人，穿著很長很寬的黑衣服，袖管很長，我問他能不能撕下一截袖管給我，他知道我要它幹什麼，就撕下來一截送給我。我戴上黑紗後心裡踏實了。

「在我後面過來的人裡邊，有一個知道我的事，他告訴我，我被槍斃半年後，我的精神病老婆突然回家了，她衣服又髒又破，臉上也髒得沒人能認出來，她站在家門口嘿嘿笑個不停，站了半天，村裡有人認出了她。

「那邊的人終於知道我是冤枉的，我父母和哥哥嫂子哭了兩天，覺得我太可憐了，政府賠償給他們五十多萬，他們給我買了一塊很好的墓地……」

「你有墓地？」我問他，「為什麼還在這裡？」

「我那時候把黑紗取下來，扔在一棵樹下，準備去了，走出了十多步，捨不得，又回去撿起來戴上。」他說，「戴上黑紗，我就不去了。」

「你不想去安息了？」我問。

「我想去，」他說，「我那時候想反正有墓地了，不用急，什麼時候想去了就去。」

「多少年了？」

「八年了。」

「墓地還在嗎？」
「還在，一直在。」
「你打算什麼時候去？」
「以後去。」
我們走到了自我悼念者的聚集之地。我的眼前出現寬闊的河流，閃閃發亮的景象也寬闊起來。一堆綠色篝火在河邊熊熊燃燒，跳躍不止的綠色火星彷彿是飛舞的螢火蟲。
已經有不少戴著黑紗的骨骼坐在篝火旁，我跟著他走了進去，尋找可以坐下的位置，我看到一些坐下的骨骼正在移動，為我們騰出一個又一個空間，我站在那裡猶豫不決，不知道應該走向哪個。看到他走到近旁的位置坐下，我也走過去坐下來。我抬起頭來，看見還有正在走來的，有的沿著草坡走來，有的沿著河邊走來，他們像涓涓細流那樣匯集過來。
我聽到身旁的骨骼發出友好的聲音：「你好。」
「你好」形成輕微的聲浪，從我這裡出發，圍繞著篝火轉了一圈，回到我這裡後掉落下去。

我悄聲問他：「他們是在問候我嗎？」

「是的，」他說，「你是新來的。」

我感到自己像是一棵回到森林的樹，一滴回到河流的水，一粒回到泥土的塵埃。

戴著黑紗的陸續坐了下來，彷彿是聲音陸續降落到安靜裡。我們圍坐在篝火旁，寬廣的沉默裡暗暗湧動千言萬語，那是很多的卑微人生在自我訴說。每一個在那個離去的世界裡都有著不願回首的辛酸事，每一個都是那裡的孤苦伶仃者。我們自己悼念自己聚集到一起，可是當我們圍坐在綠色的篝火四周之時，我們不再孤苦伶仃。

沒有說話，沒有動作，只有無聲的相視而笑。我們坐在靜默裡，不是為了別的什麼，只是為了感受我們不是一個，而是一群。

我在靜默的圍坐裡聽到火的聲音，是舞動聲；聽到水的聲音，是敲擊聲；聽到草的聲音，是搖曳聲；聽到樹的聲音，是呼喚聲；聽到風的聲音，是沙沙聲；聽到雲的聲音，是漂浮聲。

這些聲音彷彿是在向我們傾訴，它們也是命運多舛，它們也是不願回首。然後，我聽到夜鶯般的歌聲飛來了，飛過來一段，停頓一下，又飛過來一段……

我聽到一個耳語般的聲音：「你來了。」

我走向這個陌生的聲音，像是雨水從屋簷滴到窗台上的聲音，清晰和輕微。我判斷出這是一個女人的聲音，飽經風霜之後，聲音裡有著黃昏時刻的暗淡，可是仍然節奏分明，像是有人在敲門，一下，兩下，三下。

「你來了。」

我有些疑惑，這個聲音是不是在對我說？可是聲音裡有著遙遠的親切，記憶深處的那種親切，讓我覺得聲音就是在對我說，說了一遍又一遍。接著我又聽到了夜鶯般的歌聲，波浪一樣蕩漾過來。「你來了」的聲音踏著夜鶯般的歌聲向我而來。

我走向夜鶯般的歌聲和「你來了」的聲音。

我走進一片樹林，感到夜鶯般的歌聲是從前面的樹上滑翔下來的。我走過去，注意到樹葉愈來愈寬大，然後我看見一片片寬大搖曳的樹葉上躺著只剩下骨骼的嬰兒，他們在樹葉的搖籃裡晃晃悠悠，唱著動人魂魄的歌聲。我伸出手指，一個個數過去，數到二十七個以後沒有了，我放下手。這個數字讓我心裡為之一動，我的記憶瞬間追趕上那個離去的世界，我想起漂浮在河水裡和丟棄在河岸邊的二十七個被稱為醫療垃圾的死嬰。

「你來了。」

我看見一個身穿寬大白色衣服的骨骼坐在樹木之間芳草叢中，她慢慢站了起來，嘆息一聲，對我說：

「兒子，你怎麼這麼快就來了？」

我知道她是誰了，輕輕叫了一聲：「媽媽。」

李月珍走到我跟前，空洞的眼睛凝視我，她的聲音飄忽不定，她說：「你看上去有五十多歲了，可是你只有四十一歲。」

「你還記得我的年齡。」我說。

「你和郝霞同齡。」她說。

此刻郝霞和郝強生在另一個世界裡的美國，我和李月珍在這個世界裡的這裡。郝霞和郝強生離開時，我送他們到機場，他們飛到上海後再轉機去美國。我請求郝強生，讓我來捧著骨灰盒，我要送這位心裡的母親最後一程。

「我看見你們去了機場，看見你捧著骨灰盒。」李月珍說著搖了搖頭，「不是我的骨灰，是別人的。」

我想到別人的骨灰以她的名義安葬在了美國，我告訴她：「郝霞說已經給你找好安息之地，說以後爸爸也在那裡。」

我沒有說下去，因為我想到多年後郝強生入土時，不會和李月珍共同安息，他將和一個或者幾個殘缺不全的陌生者共處一隅。

李月珍空洞的眼睛裡滴出了淚珠，她也想到這個。淚珠沿著她石頭似的臉頰流淌下去，滴落在幾根青草上。然後她空洞的眼睛裡出現笑意，她抬頭看看四周夜鶯一樣歌唱的嬰兒，她說：

「我在這裡有二十七個孩子，現在你來了，我就有二十八個了。」

她只剩下骨骼的手指撫摸起了我左臂上的黑布，她知道我是在悼念自己，她說：

「可憐的兒子。」

我冰冷的心裡出現了火焰跳躍般的灼熱。有一個嬰兒不小心從樹葉上滾落下來，他吱吱哭泣著爬到李月珍跟前，李月珍把他抱到懷裡輕輕搖晃了一會兒，再把他放回到寬大的樹葉上，這個嬰兒立刻快樂地加入到其他嬰兒夜鶯般的歌唱裡去了。

「你是怎麼過來的？」李月珍問我。

我把自己在那邊的最後情景告訴了她，還說了李青千里迢迢來向我告別。

她聽後嘆息一聲說：「李青不應該離開你。」

也許是吧，我心想。如果李青當初沒有離開我，我們應該還在那個世界裡過著平靜的生活，我們的孩子應該上小學了，可能是一個中學生。

我想起李月珍和二十七個死嬰的神祕失蹤，殯儀館聲稱已經將她和二十七個死嬰火化了，網上有人說她和二十七個死嬰的骨灰是從別人的骨灰盒裡分配出來的。

「我知道這些，」她說，「後面過來的人告訴我的。」

我抬頭看看躺在寬大樹葉上發出夜鶯般歌聲的嬰兒們，我說：「你把他們抱到這裡？」

「我沒有抱他們，」她說，「我走在前面，他們在後面爬著。」

李月珍說那天深夜沒有聽到轟然響起的塌陷聲，但是她醒來了。此前她沉溺在三個沉睡裡，她在第一個沉睡裡見到遼闊的混沌，天和地渾然一體，一道光芒像地平線那樣出現，然後光芒潮水似的湧來，天和地分開了，早晨和晚上也分開了；在第二個沉睡裡見到空氣來了，快速飛翔和穿梭；在第三個沉睡裡見到水從地上蔓延開來，愈來愈像大海。

然後她醒來了，身體似乎正從懸崖掉落，下墜的速度讓她的身體豎立起來，她慢慢扯開那塊白布，像是清除堵在門前的白雪，她的雙腳開始走動，走出天坑底下的太平間，冷清的月光灑滿天坑，她的雙腳踩到犬牙交錯似的坑壁，以躺著的姿態走出天坑。

她走在被燈光照亮的城市裡，行人車輛熙熙攘攘，景物依舊，可是她的行走置身其外。

她像是回家那樣自然而然走到自己居住的樓房前，可是她不能像回家那樣走進去，無論她的雙腿如何擺動，也無法接近那幢樓房，那是她離開人世的第三個夜晚。她看見六樓的視窗閃過一個女人的身影，心裡怦然而動，那是郝霞，女兒回來了。

接下去的兩個晝夜裡，她沒有停止自己向前的步伐，可是漸行漸遠。那個視窗一直沒有出現郝強生，也沒有出現我，郝霞也只是出現一次。她看見陸續有人搬著桌子椅子櫃子，搬著茶几沙發，搬著床從樓房裡出來，她知道這些與她朝夕相處幾十年的家具賣掉了，那套房子也賣掉了，她的丈夫和女兒即將飛往美國。

她終於看見我們，在下午的時刻，郝強生捧著骨灰盒在郝霞的攙扶下走出樓房，郝霞右手還提著一只很大的行李袋，我提著兩個很大的行李箱跟在後面，我們三個站在路邊，一輛出租車停下，我和司機一起把兩個行李箱和郝霞手裡的行李袋放進後備箱。她看見我對郝強生說了幾句話，郝強生把骨灰盒交給我，我捧起骨灰盒，郝霞與郝強生坐進後座，我坐進前座，出租車駛去了。

她知道這是永別的時刻，郝強生和郝霞要去遙遠的美國，她潸然淚下，身體奔跑起來，可是奔跑仍然讓她遠離我們，她站住了，看著出租車消失在街上的車流裡。

她哭出了聲音，哭了很久後聽到身後有嗞嗞的聲響，彷彿也是哭泣之聲，她回頭看見二十七個嬰兒排成一隊匍匐在地，他們似乎和她一樣傷心。當她的哭泣停止後，他們嗞嗞的哭聲也停止了。她不知道他們跟在她的後面爬出天坑，又一直跟著她爬到這裡。她看著前面漸漸遠去的城市，又回頭看看二十七個嬰兒，知道自己失去了什麼，又得到了什麼。

她輕聲對嬰兒們說：「走吧。」

身穿白色衣褲的李月珍緩步前行，二十七個嬰兒排成一隊在她後面爬行。陽光是陳舊的黃色，他們穿過鬧烘烘的城市，走進寧靜之中，迎來銀灰色的月光，他們在寧靜裡愈走愈深。

越過生與死的邊境線之後，李月珍踏上一片芳草地，青青芳草摩擦了後面爬行的二十七個嬰兒的脖子，癢癢的感覺讓二十七個嬰兒發出咯吱的笑聲。芳草地結束之後是一條閃閃發亮的河流，李月珍走入河水，河水慢慢上升到她的胸口，又慢慢下降到她的腳下，她來到對岸；二十七個嬰兒在水面上爬行過去，他們嗆到水了，咳嗽的聲音一直響到對岸。他們過河入林，在樹林裡李月珍不知不覺哼唱起某一個曲調，後面二十七個嬰兒也哼唱起來。李月珍停止哼唱後，二十七個嬰兒沒有停止，夜鶯般的歌聲一直響到現在。

「你父親來過，」李月珍說，「楊金彪來過。」

我吃驚地看著她，她繼續說：「他走了很遠的路來到這裡，他很累，在這裡躺了幾天，一直在念叨你。」

「他不辭而別去了哪裡？」

「他上了火車，去了當年丟棄過你的地方。」

我銘記著與父親最後一夜的對話。我們擠在小店鋪的狹窄床上，窗外路燈的光亮似乎昏昏欲睡，夜風正在撫摸我們的窗戶。父親第一次在我面前哭了，他講述我四歲時，為了一個姑娘把我丟棄在那個陌生城市的一塊石頭上，他描述那塊青色石頭的粗糲和石頭表面的平滑，他把我放在平滑的上面。他為此指責自己的狠心，一聲又一聲。可是父親不辭而別，我沒有想到這個，我去了很多地方找他，卻沒有想到他會坐上火車去了那裡。

我父親穿上嶄新的鐵路制服，這是他最新的制服，一直捨不得穿，直到離去的時候才穿在身上。他拖著虛弱不堪的身體登上火車，吃力地找到自己的座位，身體剛剛在座位上安頓下來，火車就啟動了。看著月台緩緩後退而去，他突然感到自己剩下的時間已經不多，他不知道這麼一走是否還能再見到我。

父親告訴李月珍，在那個晚上，他沒有睡著，一直在聽著我均勻的呼吸聲和時而出現的鼾聲，中間有一會兒我沒有聲息，他擔心了，伸手摸了我的臉和脖子，我被驚醒，支起身體看著他，他閉上眼睛假裝睡著。他說我在黑暗裡摸了摸他的身體，小心翼翼地把他的胳膊放進被子裡。

我搖搖頭，告訴李月珍：「我不知道這些。」

李月珍指了指身前樹下的草叢說：「他就躺在這裡，一直在說話。」

我父親找到了那個地方，可是沒有找到那塊青色的石頭和那片樹林，還有那座石板橋和那條沒有河水的小河；他記得石板橋的對面應該有一幢房屋，房屋裡應該有孩子們唱歌的聲音，他沒有找到那幢房子，沒有聽到孩子們的歌聲。父親告訴李月珍，一切都變了，連火車也變了。當年他和我乘坐的火車黎明時刻駛出月台，中午才到達那座小城。後來他獨自一人乘坐的仍然是黎明時刻出發的火車，可是一個多小時就到了那裡。

李月珍問他：「你還記得那個地名？」

「記得，」他說，「河畔街。」

他在早晨的陽光裡走出那個城市的車站，他的身旁都是揹著行李袋拖著行李箱快步走去的旅客，他們像衝鋒一樣。他緩慢移動的身體上空空蕩蕩，沒有行李袋也沒有行李箱，可是他的身體比那些行李袋和行李箱都要沉重。他緩步走向出站口，他的雙手無力下垂，幾乎沒有甩動。

他站在車站前的廣場上，聲音虛弱地詢問從身旁匆忙經過的那些健康身體是不是本地人，他詢問了二十多個，只有四個說自己是本地人，他向他們打聽怎麼去河畔街，前面三個年輕人都不知道河畔街在哪裡，第四個是老人，知道河畔街，告訴他需要換乘三次公交車才能到那裡。他登上一輛公交車，拖著奄奄一息的身體，在舉目無親的城市裡尋找起那個遺棄過我的陌生之地。

李月珍問他：「為什麼去那裡？」

他說：「我就想在那塊石頭上坐一會兒。」

他找到那個地方的時候已是下午。擁擠的公交車讓他筋疲力盡，下了一輛之後他需要在街邊坐上很長時間，才有力氣登上另一輛。他輾轉三次公交車，在距離河畔街三百多米的公交車站下車。接下來的三百米路程對於他比三千米還要漫長，他艱難前行，步履沉重，兩隻腳彷彿是兩塊石頭一樣提不起來，只能在人行道上慢慢移動，走上五、六米之後，他就要扶住一棵樹休息片刻。他看到街邊有一家小吃店，覺得自己應該吃點東西，就在店外人行道上擺著的凳子上坐下來，雙臂擱在桌子上支撐身體，他給自己要了一碗餛飩。他吃下去三口就嘔吐起來，吐在隨身攜帶的塑料袋裡。坐在旁邊吃著的人一個個端起飯碗跑進小吃店裡面，他聲音微弱地對他們說了幾聲對不起，接著繼續吃，繼續嘔吐。然後他吃完了，也吐完了，他覺得吃下去的比吐出來的多，身體有一些力氣了，他搖晃著站起來，搖晃著走向河畔街。

他告訴李月珍：「那地方全是高樓，住了很多人。」

昔日的小河沒有了，昔日的石板橋也沒有了。他聽到孩子們的聲音，不是昔日孩子們歌唱的聲音，而是今日孩子們嬉戲的聲音。他們在一個兒童遊玩的區域裡坐著滑梯大聲喊叫，孩子們的爺爺奶奶一邊聊天一邊看護他們。這裡已是一個住宅小區，高樓下的小路像是一條條夾縫，車和人在裡面往來。他打聽小河在哪裡，石板橋在哪裡，住在這裡的人都是從別處搬過來的，他們說沒有小河沒有石板橋，從來都沒有。他問這裡是叫河畔街嗎？他們說是。他又問這裡以前叫河畔街嗎？他們說以前好像也叫河畔街。

「沒有小河了，還叫河畔街？」李月珍問他。

「地名沒有變，其他都變了。」他說。

他用虛弱的聲音繼續向他們打聽這裡有沒有小樹林，樹林的草叢裡還應該有一塊青色的石頭。有一個人告訴他，沒有小樹林，草叢倒是有，在小區旁邊的公園裡，草叢裡也有石頭。他問公園有多遠，那人說很近，只有兩百米，可是這兩百米對他來說仍然是一次艱難的跋涉。

他走到那個公園時已是黃昏，落日的餘輝照耀著一片草地，草地上錯落有致凸顯的幾塊石頭上有著夕陽溫暖的顏色，他在這幾塊石頭裡尋找記憶中的那塊石頭，感到中間那塊有些發青的石頭很像我當初坐在上面的那一塊。他緩慢地走到那塊石頭旁，想坐在上面，可是身體不聽使喚滑了下去。他只能靠著石頭坐在草地上，那一刻他感到自己沒有力氣再站起來了。他的頭歪斜在石頭上，無力地看著近處一個身穿藍色破舊衣服的流浪漢在一個垃圾筒裡找吃的，流浪漢從筒裡找出一個可樂瓶，擰開蓋子往自己嘴裡倒進剩下的幾滴可樂。流浪漢舉起的手在張開的嘴巴上搖動幾下，又把可樂瓶扔回垃圾筒，然後轉過身來盯著他。流浪漢的眼睛像鷹眼一樣看著他，他垂下了眼睛。過了一會兒，他抬起眼睛看到流浪漢坐在垃圾筒旁的一把椅子上，流浪漢的目光仍然盯著他，他感覺那目光盯住自己身上嶄新的鐵路制服。

「我看見楊飛了，」他對李月珍說，「就在那塊石頭上。」

這是彌留之際，他沉沒在黑暗裡，像是沉沒在井水裡，四周寂靜無聲。高樓上的燈光熄滅了，天上的星星和月亮也熄滅了。隨即突然出現一片燦爛光芒，當初他丟棄我的情景在光芒裡再現了。他看見四歲的我坐在石頭上，穿著一身藍白相間的小水手服，這是他決定丟棄我時給我買來的。一個小水手坐在青色的石頭上，快樂地搖晃著兩條小腿。他悲哀地對我說，我去買點吃的；我快樂地說，爸爸，多買點吃的。

可是這個光芒燦爛的情景轉瞬即逝，一雙粗魯的手強行脫去他的鐵路制服，把已經走到死亡邊緣的他暫時呼喚了回來。他感到身體已經麻木，殘存的意識讓他知道那個流浪漢正在幹什麼，流浪漢脫下自己破舊的藍色衣服，穿上他嶄新的鐵路制服。他微弱地說，求求你。流浪漢聽到他的聲音，俯下身體。他說，兩百元。流浪漢摸了摸他的襯衣口袋，從裡面摸出兩百元，放進剛剛屬於自己的鐵路制服的口袋。他再次微弱地說，求求你。流浪漢再次聽到他的哀求，站在那裡看了他一會兒，蹲下去把破舊的藍色衣服給他穿上。

流浪漢聽到他臨終的聲音：「謝謝。」

黑暗無邊無際，他沉沒在萬物消失之中，自己也在消失。然後他好像聽到有人在呼喚「楊飛」，他的身體站立起來，站起來時發現自己行走在空曠孤寂的原野上，呼喚「楊飛」的正是他自己。他繼續行走繼續呼喚，楊飛、楊飛、楊飛、

楊飛、楊飛、楊飛、楊飛……只是聲音愈來愈低。他在原野上走了很長的路，不知道走了一天，還是走了幾天，他對我名字的持續呼喚，讓他來到自己的城市。他的「楊飛」的呼喚聲像路標那樣，引導他來到我們的小店鋪，他在店鋪前的街道對面佇立很久，不知道是幾天還是十幾天，店鋪的門窗一直關閉，我一直沒有出現。

他佇立在那裡，四周熟悉的景象逐漸陌生起來，街道上來往的行人和車輛開始模糊不清，他隱約感到自己佇立的地方正在變得虛無縹緲。可是店鋪一直是清晰的，他也就一直站在那裡，期待店鋪的門窗打開，我從裡面走出來。店鋪的門窗終於打開了，他看見一個女人從裡面走出來，轉身和店鋪裡的一個男人說話。他看清楚了，店鋪裡的男人不是我，他失落地低下頭，轉身離去。

「楊飛把店鋪賣了，去找你了。」李月珍告訴他。

他點點頭說：「我看見走出來的是別人，知道楊飛把店鋪賣了。」

後來他一直在走，一直在迷路，持續不斷的迷路讓他聽到夜鶯般的歌聲。他跟隨著歌聲走去，見到很多骨骼的人在走來走去，他穿梭其間，在夜鶯般的歌聲引導下走進一片樹林，樹葉愈來愈寬大，一些寬大的樹葉上躺著晃晃悠悠的嬰兒，夜鶯般的歌聲就是從這裡飄揚起來的。一個穿著白色衣服的女人從樹木和草叢裡走了過來，他認出是李月珍。李月珍也認出他，那時候他們兩個都還有著完好的形象。他們站在發出夜鶯般歌聲的嬰兒中間，訴說起各自在那個離去世界裡的最後時刻。他向李月珍打聽我，李月珍所知道的最後情景，就是我去了他的村莊，後來的她不知道了。

他太累了，在二十七個嬰兒夜鶯般的歌聲裡躺了幾天，躺在樹葉之下草叢之上。然後他站起來，告訴李月珍他想念我，他太想見上我一面，即使是遠遠看我一眼，他也會知足。他重新長途跋涉，在迷路裡不斷迷路，可是他已經不能接近城市，因為他離開那個世界太久了。他日夜行走，最終來到殯儀館，這是兩個世界僅有的接口。

他走進殯儀館的候燒大廳，就像我第一次走進那裡一樣，聽著候燒者們談論自己的壽衣、骨灰盒和墓地，看著他們一個個走進爐子房。他沒有坐下來，一直站在那裡，然後他覺得候燒大廳應該有一名工作人員，他是一個熱愛工作的人。當一個遲到的候燒者走進來時，他不由自主迎上去為他取號，又引導他坐下。然後他覺得自己很像是那裡的工作人員，他在中間的走道上走來走去。有一天，他的右手無意中伸進流浪漢給他穿上的破舊藍色衣服的口袋，摸出一副破舊的白手套，他戴上白手套以後，感到自己儼然已是候燒大廳裡正式的工作人員。日復一日，他在候燒者面前彬彬有禮行使自己的職責；日復一日，他滿懷美好的憧憬，知道只要守候在這裡，三十年、四十年、五十年……他就能見上我一面。

李月珍的聲音暫停在這裡。我知道父親在哪裡了，殯儀館候燒大廳裡那個身穿藍色衣服戴著白手套的人，那個臉上只有骨頭沒有皮肉的人，那個聲音疲憊而又憂傷的人，就是我的父親。

李月珍的聲音重又響起，她說我父親曾經從殯儀館回到這裡，走到她那裡講述他如何走進殯儀館的候燒大廳，如何在那裡開始自己新的職業，說完他就轉身離去。李月珍說他那麼匆忙，可能是不應該離開那裡。

李月珍說話的聲音像是滴水的聲音，說出的每一個字都如一顆落地的水珠。

第六天

一個迷路者在遲疑不決的行走中來到這裡，給鼠妹帶來她的男朋友在另一個世界裡的消息。

這個年輕人走到我們中間，迷惘地看看遍地的青草和茂盛的樹木，又迷惘地看看這裡行走的人，很多骨骼的人和幾個肉體的人，他自言自語：

「我怎麼會走到這裡？」

他繼續說：「好像有五天了，我一直在走來走去，我不知道怎麼會走到這裡的。」

我身邊的一個聲音告訴他：「有人死了一天就到這裡，有人死了幾天才到這裡。」

「我死了？」他疑惑地問。

這個聲音問他：「你沒有去過殯儀館？」

「殯儀館？」他問，「為什麼要去殯儀館？」

「人死了都要去殯儀館火化。」

「你們都火化了？」他疑惑地向我們張望，「你們看上去不像是一盒一盒的骨灰。」

「我們沒有火化。」

「你們也沒有去殯儀館？」

「我們去過殯儀館了。」

「去了為什麼沒有火化？」

「我們沒有墓地。」

「我也沒有墓地。」他喃喃自語，「我怎麼會死了？」

另一個聲音說：「後面過來的人會告訴你的。」

他搖了搖頭說：「我剛才遇到一個人，他說是剛過來的，他不認識我，他不知道我是怎麼過來的，他也不知道自己是怎麼過來的。」

我準備前往殯儀館候燒大廳去見我的父親，現在這個年輕人讓我站住了。他的身體似乎扁了一些，衣服的前胸有著奇怪的印記，我仔細察看後覺得那是輪胎留下的痕跡。

我問他：「你能記得最後的情景嗎？」

「什麼最後的情景？」他問我。

「你想一想，」我說，「最後發生了什麼？」

他臉上出現了努力回想的表情，過了一會兒他說：「我只記得很濃的霧，我站在街上等公交車，其他的我不記得了。」

我想起自己第一天離開出租屋走在濃霧裡的情景，經過一個公交車站時響起很多汽車碰撞的聲響，還有一輛轎車從濃霧裡衝出來，隨即慘叫的人聲沸水似的響起。

「你是不是在一個公交車站的站牌旁邊？」我問他。

他想了一下後說：「是，我是站在那裡。」

「站牌上有沒有203路？」

他點點頭說：「有203路，我就是在等203路。」

我告訴他：「是車禍把你送到這裡來的，你衣服上有輪胎的痕跡。」

「我是在車禍裡死的？」他低頭看看衣服胸前，似乎明白了，「好像有東西把我撞倒，又從我身上軋過去。」

他看看我，又看看身旁的骨骼們，對我說：「你和他們不一樣。」

「我剛剛過來，」我說，「他們過來很久了。」

一個骨骼說：「你們很快就會和我們一樣的。」

我對他說：「過了春天，再過了夏天，我們就和他們一樣了。」

他臉上出現不安的神色，問那個骨骼：「會不會很疼？」

「不疼，」骨骼說，「就像秋風裡的樹葉那樣一片片掉落。」

「可是樹葉會重新長出來。」他說。

「我們的不會重新長出來。」骨骼說。

他若有所思地點點頭：「我知道了。」

這時一個女人的聲音過來了：「肖慶。」

「好像有人在叫我。」他說。

「肖慶。」女人的聲音再次響起。

「奇怪，這裡還有人認識我。」他滿臉疑惑地東張西望起來。

「肖慶，我在這裡。」

鼠妹正在走來。她穿著那條男人的寬大長褲，踩著褲管走來。這個名叫肖慶的年輕人愕然地看著走來的鼠妹，鼠妹的聲音走在她身體的前面。

「肖慶，我是鼠妹。」

「你聽起來不像鼠妹，看起來像鼠妹。」

「我就是鼠妹。」

「你真的是鼠妹？」

「真的是。」

鼠妹走到我們跟前，問肖慶：「你怎麼也來了？」

肖慶指指自己的胸前說：「是車禍。」

鼠妹看著肖慶衣服上的輪胎痕跡問：「那是什麼？」

肖慶說：「車輪從這裡軋過去的。」

鼠妹問：「疼嗎？」

肖慶想了一下說：「不記得了，我好像叫了一聲。」

鼠妹點點頭，問他：「你見過伍超嗎？」

「見過。」肖慶說。

「什麼時候見的？」

「我來這裡的前一天還見到他。」

鼠妹轉過身來告訴我們，在那邊的世界裡，肖慶也是住在地下防空洞裡的鼠族，她和她的男朋友伍超一年多前認識了肖慶，他們是地下的鄰居。

鼠妹問肖慶：「伍超知道我的事嗎？」

「知道，」

肖慶說，「他給你買了一塊墓地。」

「他給我買了墓地？」

「是的，他把錢交給我，讓我去給你買的墓地。」

「他從哪裡弄來的錢給我買墓地？」

鼠妹墜樓身亡的時候，伍超正在老家守候病重的父親。等到父親病情穩定之後，伍超趕回城市的地下住所已是深夜，他沒有見到鼠妹，輕輕叫了幾聲，沒有回答。防空洞裡的鼠族們都在夢鄉裡，他沿著狹窄的通道走過去，尋找說話的聲音，他覺得鼠妹可能在某一塊布簾後面跟人聊天。他沒有聽到說話的聲音，只聽到男人的鼾聲和女人的囈語，還有嬰兒的哭聲。他又覺得鼠妹可能坐在網吧裡在網上跟人聊天，他向著防空洞的出口走去，見到下了夜班回來的肖慶，肖慶告訴他，鼠妹已經不在人間，三天前死去的。

肖慶說，伍超聽完鼠妹在鵬飛大廈跳樓自殺後紋絲不動，過了一會兒渾身顫抖起來，連連搖頭說不可能，不可能，然後向著防空洞的出口奔跑過去。

伍超跑進距離地下住所最近的一家網吧，在電腦前讀完鼠妹在QQ空間上的日誌，又看了一篇有關鼠妹自殺的報導。這時候他確信鼠妹已經死了，已經永遠離開他了。

他失去知覺似的坐在閃亮的電腦螢幕前，直到螢幕突然黑了，他才起身走出網吧，見到一個在深夜的寂靜裡走來的陌生人，他幽幽地走過去，聲音顫抖地對這個陌生人說，鼠妹死了。

這個陌生人嚇了一跳，以為遇上一個精神病人，快步走到街道對面，走去時還警惕地回頭張望他。

伍超如同一個陰影遊蕩在城市凜冽的寒風裡。他在黑夜的城市裡沒有目標地走著，不知道自己走了多長時間，不知道自己走在什麼地方，就是經過鵬飛大廈也沒有抬起頭來看一看。他一直走到天亮，仍然沒有走出自己的迷茫。在早晨熙熙攘攘上班的人群裡，他嘴裡還在不斷說著，鼠妹死了。

街上迎接伍超的都是視而不見的表情，只有一個與他並肩而行的人，見到他不停地流淚不停地說著，好奇地問他，鼠妹是誰？他呆呆地想了一會兒回答，劉梅。這個人搖搖頭說不認識，拐彎走去了。伍超看著他離去的背影輕聲說，她是我的女朋友。

天黑的時候，伍超回到地下的住所，躺在和鼠妹共同擁有的床上神情恍惚，中間他睡著幾次，又在睡夢中哭醒幾次。

第二天，他沒有淚水也沒有哭聲，不吃不喝躺在床上，木然聽著地下鄰居們炒菜的聲響和說話的聲響，還有孩子在防空洞裡奔跑喊叫的聲響，他不知道他們在做什麼說什麼，只知道有很多聲響起起落落。

他沉陷在回想的深淵裡，鼠妹時而歡樂時而憂愁的神情，一會兒點亮一會兒熄滅。很長時間過去後，他意識到自己接下去應該做的是盡快讓鼠妹得到安息。鼠妹生前有過很多願望，他幾乎沒有讓她滿足過一個，她抱怨過一次又一次，然後一次又一次忘記抱怨，開始憧憬新的。現在他覺得擁有一塊墓地應該是她最後的願望，可是他仍然沒有能力做到這個。

這時候一個男人的聲音在那些嘈雜聲響裡脫穎而出，讓他聽清楚了，這個男人正在講述他認識的一個人賣掉一個腎以後賺了三萬多元。

他在床上坐起來，心想賣掉自己一個腎換來的錢，可以給鼠妹買下一塊墓地。

他走出防空洞，走進那家網吧。他想起以前流覽網頁時看到過賣腎的資訊，他搜索一下就找到一個電話號碼，他向網吧裡的人借了一支圓珠筆，將電話號碼寫在手心裡，走出網吧，走到一個公用電話亭，撥打手心裡的號碼。對方在電話裡詳細詢問了他，確定他是一個賣腎的，約他在鵬飛大廈見面。他聽到鵬飛大廈時心裡不由哆嗦一下，鼠妹就是在那裡墜落的。

他來到鵬飛大廈，這裡車來人往，聲音喧譁，他和自己的影子站在一起。一輛又一輛轎車從他身旁的地下車庫進去和出來，他幾次抬起頭，看著大廈玻璃上閃耀出來的刺眼陽光，他不知道鼠妹曾經站在哪裡。

一個穿著黑色羽絨服的人走到他面前，小聲問：「你是伍超？」

伍超點點頭，這個人小聲說：「跟我走。」

伍超跟著他擠上一輛公交車，幾站後下車，又上了另一輛公交車。他們換乘了六次公交車以後，好像來到了近郊，伍超跟著這個人走到一個居民小區門口，這個人讓伍超一直往裡走，自己站在小區門口撥打手機。伍超走進這個有些寂寞的小區，他看到不遠處的一幢樓房前出現一個抽菸的人，伍超走近了，這人將香菸扔在地上踩滅了，問他：

「你是賣腎的？」

伍超點點頭，這人揮一下手，讓伍超跟著他走進樓房，沿著斑駁的水泥樓梯走到地下室，這人打開地下室的門以後，夾雜著菸捲氣息的污濁空氣撲面而來，在昏暗的燈光下，伍超看到裡面有七個人抽著菸坐在床上聊天，只有一張床空著，伍超走向這張床。

伍超上繳了身分證，簽署了賣腎協定，體檢抽血後等待配型。他開始另一種地下生活，睡在油膩滑溜的被子裡，這條從來沒有洗過的被子不知道有多少人睡過，充斥著狐臭、腳臭和汗臭。那個送他到地下室的人每天進來兩次，給他們送幾盒便宜的香菸，送兩次飯，中午是白菜土豆，晚上是土豆白菜。地下室裡沒有桌子也沒有椅子，他們坐在床上吃飯，有兩個總是蹲在地上吃。地下室裡散發著陣陣異味，那七個人輪番抽菸的時候可以壓住異味，當他們睡著了，伍超就會在強烈的異味裡醒來，感覺胸口被堵住似的難受。

這七個都是年輕人，他們無所事事地抽菸聊天，聊建築工地上的事，聊工廠裡的事，聊搬家公司裡的事，他們似乎做過很多工作。他們賣腎都是為了盡快掙到一筆錢，他們說就是幹上幾年的苦力，也掙不到賣掉一個腎的錢。他們憧憬賣腎以後的生活，可以給自己買一身好衣服，買一個蘋果手機，可以去高檔賓館住上幾晚，去高檔餐館吃上幾頓。憧憬之後，他們陷入到焦慮之中，這七個人都在這裡等待一個多月，仍然沒有得到配型成功的消息。其中一個已經去過五個城市的賣腎窩點，每個窩點待了不到兩個月就被趕走，說他的腎沒人要，腎販子只給他四、五十元的路費，他靠這四、五十元買張火車票去另一個城市的另一個賣腎窩點。他說自己身無分文，只能在一個接著一個賣腎窩點像乞丐一樣活著。

這個人顯得見多識廣，有人抱怨這裡伙食太差，說不是白菜土豆就是土豆白菜，他說這裡的伙食不算差，每週還能吃到一次豆腐，喝上一次雞架湯；他說自己曾經去過的一個賣腎窩點，兩個月裡天天吃一些爛菜。有人擔心切腎手術是否安全時，他一副過來人的腔調，說這個說不準，這個全靠運氣。他說腎販子都是沒良心的，有良心的不會幹這活，腎販子為了省錢不會去請正規的外科醫生，正規醫生要價高，腎販子請來切腎的都是獸醫。

聽說是獸醫來給自己切腎，其他幾個年輕人憤憤不平，說他媽的腎販子掙這麼多錢還這麼缺德。

這個人倒是見怪不怪，他說這年月缺德的人缺德的事還少嗎？再說獸醫也是醫生，這些獸醫專門給人切腎，切多了熟能生巧，醫術可能比正規醫院裡的外科醫生還要高明。

他憤憤不平的是自己的腎竟然沒有人要。他說自己是運氣不好，始終沒有配型成功。他說全國每年有一百萬個腎病患者靠著透析維持生命，而合法的腎移植手術只有四千例左右。他的腎怎麼會沒人要？那是一對一百萬的比例。肯定是那些負責配型的男王八蛋女王八蛋沒有仔細工作，把他一個好腎活活耽誤了將近一年。他說這次再被趕走的話，他要先去廟裡燒香，求菩薩保佑他盡快賣掉自己的腎，然後再買張車票跳上火車去下一個賣腎窩點。

伍超來到地下室以後沒有說過一句話，無動於衷地聽著他們東拉西扯，就是聽到是獸醫來做切腎手術時仍然無動於衷，只是在想到鼠妹時會有陣陣心酸。他祈求能夠盡早配型成功，賣腎後就能立即給鼠妹買下一塊墓地。可是地下室裡的七個人等待這麼久了，其中一個快一年了仍然沒有配型成功，這讓他焦慮不安起來，失眠也來襲擊他，他在污濁和充滿異味的床上輾轉反側無法入睡。

伍超來到地下室的第六天，那個只是在送飯時間出現的人，在不是送飯的時間裡出現了，他打開門叫了一聲：

「伍超。」

躺在油膩滑溜被子裡的伍超還沒有反應過來，地下室裡的另外七個人互相看來看去，意識到名叫伍超的不是他們中間的一個，而是那個進來後一言不發的人，他們驚訝地叫了起來：

「這麼快。」

站在門口的人說：「伍超，你配上了。」

伍超掀開油膩滑溜的被子，在另外七個人羨慕的眼神裡穿上衣服和鞋，他走向門口時，那個去過五個城市賣腎窩點的人對伍超說：

「你是悶聲不響發大財。」

伍超跟隨那個人，沿著斑駁的水泥樓梯向上走到了四樓。敲開一扇門以後，伍超看到一個中年男子坐在沙發裡。這個中年男子友好地讓伍超坐下，然後講解起了人體其實只需要一個腎，另一個腎是多餘的，好比闌尾，可以留著，也可以切掉。

伍超不關心這些，他問中年男子：「一個腎能換多少錢？」

中年男子說：「三萬五千。」

伍超心想這些錢買一塊墓地夠了，他點了點頭。

中年男子說：「這裡是給錢最多的，別的地方只給三萬。」

中年男子告訴伍超，不用擔心手術，他們請來的都是大醫院裡的醫生，這些醫生是來撈外快的。

伍超說：「他們說是獸醫做手術。」

「胡說。」中年男子很不高興地說，「我們請來的都是正規的外科醫生，切一個腎要付給他們五千元。」

伍超住進了五樓的一個房間，裡面有四張床，只有一個人躺在屋裡，這是一個已經做完切腎手術的人，他看到伍超進來時友好地微笑，伍超也向他微笑。

這個人的切腎手術很成功，他可以支撐起身體靠在床頭和伍超說話。他說自己不再發燒，過幾天就可以出去了。他問伍超為什麼要賣腎，伍超低頭想了想，對他說：

「為我女朋友。」

「和我一樣。」他說。

他告訴伍超，他在農村老家有一個相處了三年的女朋友，他想娶她，可是女方家裡提出來要先蓋好一幢樓房，才可以娶她過去。他就出來打工，打工掙到的錢少得可憐，他要幹上八年十年才能掙到蓋一幢樓房的錢。那時候他的女朋友早就被別人娶走了，他急需蓋樓的錢，所以就來賣腎，他說：

「這錢來得快。」

他說著笑了起來，他說他們那裡都是這樣，沒有一幢樓房就別想結婚。他問伍超，你們那邊的農村也一樣吧？

伍超點點頭。他的眼睛突然濕潤了，他想起了鼠妹，不離不棄一直跟著窮困潦倒的他。他低下頭，不想讓對方看見他的眼淚。

過了一會兒，他抬起頭來問：「你女朋友為什麼不出來打工？」

「她想出來，」這人說，「可是她父親癱瘓了，母親也有病，他們只有她一個女兒，沒有兒子，她出不來。」

伍超想到鼠妹的命運，沒頭沒腦地說了一句：「還是不出來好。」

五樓的生活和地下室截然不同，沒有污濁的空氣，被子是乾淨的；白天有陽光，晚上有月光。早晨能夠吃到一個雞蛋，一個包子，喝上一碗粥；中午和晚上吃的是盒飯，裡面有時候是肉，有時候是魚。

伍超在陽光裡醒來，在月光裡睡著。在這個城市裡，他很久沒有這樣的生活了，差不多有一年多，他在既沒有陽光也沒有月光的地下醒來和睡著。現在他覺得陽光和月光是那麼地美好，他閉上眼睛都能感受它們的照耀。他的窗外是一棵在冬天裡枯黃的樹，雖然枯黃了，仍然有鳥兒飛過來停留在樹枝上，有時候會對著他們的窗戶鳴叫幾聲，然後拍打著翅膀飛過一個又一個屋頂。他想到鼠妹，跟著他一年多沒有享受過在月光裡睡著在陽光裡醒來的生活，不由心疼起來。

三天後，伍超跟隨那個中年男子走進一個沒有窗戶的房間，一個戴著眼鏡醫生模樣的人讓他在一張簡易的手術台上躺下來，一盞強光燈照射著他，他閉上眼睛後仍然感到眼睛的疼痛。麻醉之後，他失去了知覺。當他醒來時，已經躺在房間自己的床上，屋子裡寂靜無聲，同屋的那個人已經走了，只有他一個人躺在這裡。他看到枕頭旁放著一袋抗生素和一瓶礦泉水，他稍稍動一下，感到腰的左側陣陣劇疼，他知道左邊的一個腎沒有了。

中年男子每天過來看他兩次，要他按時服用抗生素，告訴他過一個星期就沒事了。伍超獨自一人躺在五樓的屋子裡，每天來看望他的是飛來的鳥兒，牠們有的從窗前飛過，有的會在樹枝上短暫停留，牠們嘰嘰喳喳的叫聲像是無所事事的聊天。

一個星期後，中年男子給了他三萬五千元，叫來一輛出租車，派兩個手下的人，把他送回到防空洞裡的住所。

伍超回來了，防空洞裡的鄰居們看到兩個陌生人把伍超抬進來，抬到他的床上。然後他們知道他賣掉了一個腎，是為了給鼠妹買下一塊墓地。

伍超躺在床上，幾天後抗生素吃完了，仍然高燒不退，有幾次他陷入到昏迷裡，醒來後感到身體似乎正在離開自己。那些地下的鄰居都來探望他，給他送一些吃的，他只能喝下去很少的粥湯。幾個鄰居說要把他送到醫院去，他艱難地搖搖頭，他知道一旦去了醫院，賣腎換來的錢就會全部失去。他相信自己能夠挺過去，可是這個信念每天都在減弱，隨著自己昏迷過去的次數愈多，他知道不能親自去給鼠妹挑選墓地了，為此他流出難過的淚水。

伍超有一次從昏迷裡醒來，聲音微弱地問身邊陪伴他的幾個鄰居：「有鳥兒飛過來了？」

幾個鄰居說：「沒有鳥。」

伍超繼續微弱地說：「我聽到鳥叫了。」

其中一個鄰居說：「我剛才過來時看見一隻蝙蝠。」

「不是蝙蝠，」伍超說，「是鳥兒。」

肖慶說，最後一次去看望伍超的時候，伍超睜開眼睛都很吃力了，伍超請求他幫忙。告訴他枕頭下面壓著三萬五千元，讓他取出來三萬三千元，去給鼠妹買一塊墓地，再買一塊好一點的墓碑，還有骨灰盒。他說還有兩千元留給自己，他需要這些錢讓自己挺過去活下來，每年清明的時候去給鼠妹掃墓。

他說完這些後，呻吟地側過身去，讓肖慶去枕頭下面取錢。他囑咐肖慶，墓碑上要刻上「我心愛的鼠妹之墓」，再刻上他的名字。肖慶取了三萬三千元離開時，伍超又輕聲把他叫回去，說把墓碑上的「鼠妹」改成「劉梅」。

鼠妹在哭泣。哭聲像是瀝瀝雨聲，飄落在這裡每一個的臉上和身上，彷彿是雨打芭蕉般的聲音。鼠妹的哭聲在二十七個嬰兒夜鶯般的歌聲裡跳躍出來，顯得唐突和刺耳。

很多骨骼的人凝神細聽，互相詢問是誰在唱歌，唱得這麼憂傷？有人說不是唱歌，是哭聲，那個新來的漂亮姑娘在哭，那個穿著一條男人長褲的漂亮姑娘在哭，那條褲子又寬又長，那個漂亮姑娘每天踩著褲管走來走去，現在她沒有走來走去，她坐在地上哭。

鼠妹坐在河邊的樹葉下草叢裡，她的身體靠在樹上，她的腿上覆蓋青草和正在青草裡開放的野花，她的近旁是潺潺流動的河水。鼠妹掛在臉上的淚珠像是掛在樹葉上的晨露，她嘴裡哼唱哭泣之聲，雙手正在將那條男人的長褲改成女人的長裙。

肖慶如同一個路標那樣站在鼠妹身旁，看著漫山遍野走來骨骼的人，還有十多個肉體的人，從零散走向集中。他們走到近前，聆聽肖慶的講述，肖慶的表情像是正在遺忘的旅途上，他的講述東一句西一句，如同是在講述夢中斷斷續續沒頭沒尾的情景。

這裡所有的人走過來了，他們知道鼠妹即將前往安息之地，他們輕聲細語說著，說來到這裡的人沒有一個離開，鼠妹是第一個離開的，而且鼠妹還有完好無損的肉體和完好無損的美麗。

這裡的人群黑壓壓，他們都想走上去看一看坐在樹葉下草叢裡哭泣著縫製長裙的鼠妹，於是他們圍成一圈在鼠妹四周走動。他們走動時井然有序地前後穿插，有的向前，有的退後，這樣的情景恍若水面上一層又一層盛開的波浪，每一個都用無聲的目光祝福這個即將前往安息之地的漂亮姑娘。

一個蒼老的聲音步出圍繞鼠妹行走的人群，對一直低頭哭泣，低頭縫製長裙的鼠妹說：

「孩子，應該淨身了。」

鼠妹仰起掛滿淚珠的臉，愕然看著這個聲音蒼老的骨骼，停止縫製的動作。

「你已到入殮的時候，」蒼老的聲音說，「應該淨身了。」

鼠妹說：「我還沒有縫好我的裙子。」

很多女聲說：「我們替你縫。」

幾十個女性的骨骼走向鼠妹，向她伸出了幾十雙骨骼的手。鼠妹舉起手裡沒有完成的長裙，不知道交給哪雙手。有兩個聲音對她說：

「我們在製衣廠打過工。」

鼠妹把未完成的長裙交給她們，仰臉看著站在她面前的蒼老骨骼，有些害羞地詢問：

「我可以穿著衣服嗎？」

蒼老的骨骼搖了搖頭說：「穿著衣服不能淨身。」

鼠妹低下頭去，動作緩慢地讓外衣離開身體，又讓內衣離開身體，當她的雙腿在青草和開放的野花裡呈現出來時，她的內褲也離開了身體。鼠妹美麗的身體仰躺在青草和野花上面，雙腿合併後，雙手交叉放在腹部，她閉上眼睛，像是進入睡夢般的安詳。鼠妹身旁的青草和野花紛紛低下頭彎下腰，彷彿凝視起她的身體，它們的凝視遮蔽了她的身體。於是我們看不見她的身體了，只看見青草在她身上生長，野花在她身上開放。

蒼老的骨骼說：「那邊的人知親知疏，這裡沒有親疏之分。那邊入殮時要由親人淨身，這裡我們都是她的親人，每一個都要給她淨身。那邊的人用碗舀水淨身，我們這裡雙手合攏起來就是碗。」

蒼老的骨骼說完摘下一片樹葉，合攏在手中向著河水走去，圍繞鼠妹的人群走出整齊的一隊，每一個都摘下一片樹葉合攏在手中，排出長長一隊的樹葉之碗，跟隨蒼老的骨骼走向河邊。如同一個線團裡抽出一根線那樣，畫出一道弧度愈來愈長地走去。蒼老的骨骼第一個蹲下身去，他雙手合攏的樹葉之碗舀起河水後起身走了回來，他身後的人也是同樣的動作。蒼老的骨骼雙手捧著樹葉裡的清清河水走到仰躺在那裡的鼠妹跟前，雙手分開後將樹葉之碗裡的河水灑向鼠妹身上生長的青草和開放的野花，青草和野花接過河水後抖動著澆灌起了鼠妹。

蒼老的骨骼左手提著那片濕潤的樹葉，右手擦著眼睛走去，似乎是在擦去告別親人的淚水。其他的人也像他一樣，雙手合攏捧著樹葉之碗裡的河水走到鼠妹那裡，雙手分開灑下淨身之水。他們跟隨這個蒼老的骨骼走向遠處，猶如一條羊腸小徑延伸而去。有的左手提著樹葉，有的右手提著樹葉，樹葉在微風裡滴落了它們最後的水珠。

那三十八個葬身商場火災的骨骼一直是圍成一團走來走去，現在他們分開了，一個個蹲下去用合攏雙手的樹葉之碗舀水後，又一個個站起來，依次走到鼠妹那裡，依次將手中河水從頭到腳灑向鼠妹身上的青草和野花。那個小女孩開始嗚咽了，男孩也嗚咽起來，接著另外三十六個骨骼同時發出了觸景生情的嗚咽之聲。他們的身體雖然分開行走，他們的嗚咽之聲仍然圍成一團。

譚家鑫一家人也在漫長的行列裡，他們用雙手合攏的樹葉之碗捧著河水，像其他人一樣低著頭慢慢走到鼠妹那裡，灑下手中之水，也灑下他們對即將前往安息之地的鼠妹的祝福。譚家鑫的女兒雙手擦著淚水走去，身體微微顫抖，她手中的樹葉飄落在地，她不知道自己的安息之地將在何處？譚家鑫伸手摟住女兒的肩膀，對她說：

「只要一家人在一起，在哪裡都一樣。」

十多年來一直席地而坐一邊下棋一邊悔棋爭吵的張剛和李姓男子也來了，他們虔誠地捧著樹葉之碗裡的河水，虔誠地灑向鼠妹身上的青草和野花。離去時，李姓男子幾次回頭張望，張剛看出他渴望前去安息之地的眼神，用自己骨骼的手拍拍他骨骼的肩，對他說：

「不要等我了，你先去吧。」

李姓男子搖搖頭說：「我們的棋還沒下完呢。」

我看見給鼠妹淨身之後離去的人流已像幾條長長的小路，而這裡仍然有著雙手合攏捧著樹葉之碗的長長佇列，這裡的景象似乎是剛剛開始。鄭小敏的父母也來了，女的仍然是害羞的樣子，蜷縮著身體，雙手放在自己的大腿上走來，男的身體貼著她，雙手摟著她走來，他的身體和雙手彷彿是遮蓋她身體的衣服。他們伸手摘下樹葉的時候分開了，走向河邊，蹲下身子舀起河水，手捧樹葉之碗走來時，男的在前，女的低頭緊隨其後，在長長的佇列裡移動過去。

夜鶯般的歌聲過來了，歌聲斷斷續續。身穿白色衣衫的李月珍緩步走來，二十七個嬰兒列成一隊，跟在她身後唱著歌爬行過來，可能是青草弄癢嬰兒們的脖子，嬰兒們咯咯的笑聲時時打斷美妙的歌聲。來到這裡後，李月珍把嬰兒們一個個抱到河邊寬大的樹葉上，嬰兒們躺在風吹搖曳的樹葉裡，歌聲不再斷斷續續，猶如河水一樣流暢起來。

身上長滿青草和野花的鼠妹，聽到夜鶯般的歌聲在四周盤旋，她在不知不覺裡也哼唱起了嬰兒們的歌聲。鼠妹成為一個領唱者。她唱上一句，嬰兒們跟上一句，她再唱上一句，嬰兒們再跟上一句，領唱與合唱周而復始，彷彿事先排練好的，鼠妹和嬰兒們的歌聲此起彼伏。

我原本邁向殯儀館邁向父親的步伐，滯留在了這裡。

第七天

「我從來沒有這麼乾淨過，」鼠妹說，「我的身體好像透明了。」

「我們給你淨身了。」

「我知道，很多人給我淨身。」

「不是很多人，是所有的人。」

「好像所有的河水從我身上流過。」

「所有的人排著隊把河水端到你身上。」

「你們對我真好。」

「這裡對誰都很好。」

「你們還要送我過去。」

「你是第一個離開這裡去安息的。」

我們走在道路上，簇擁鼠妹走向通往安息之地的殯儀館。道路是廣袤的原野，望不到盡頭的長，望不到盡頭的寬，像我們頭頂上的天空那樣空曠。

鼠妹說：「在那邊的時候，我最喜歡春天，最討厭冬天。冬天太冷了，身體都縮小了；春天花兒開放，身體也開放了。到了這邊，我喜歡冬天，害怕春天，春天來了，我的身體就會慢慢腐爛。現在好了，我不用害怕春天了。」

「春天就是那邊奧運會的跑步冠軍，也追不上你了。」我們中間有人說。

鼠妹咯咯笑了。

「你很漂亮。」另一個說。

「你這麼說是讓我高興吧？」鼠妹說。

「你真的很漂亮。」我們很多人說。

「我在那邊走在街上，他們回頭看我；到了這裡，你們也回頭看我。」

「這個叫回頭率高。」

「是的，在那邊是叫回頭率。」

「這裡也叫回頭率。」

「那邊和這裡都叫回頭率。」鼠妹再次咯咯笑了。

「你走到哪裡，回頭率就跟到哪裡。」我們說。

「你們真會說話。」

我們看著鼠妹穿著那條男人長褲改成的裙子走去。裙子很長，我們看不見她行走的雙腳，只看見裙子在地上拖曳過去。

有人對她說：「你的殮衣拖在地上，看上去像婚紗。」

「真的像婚紗？」鼠妹問。

「真的。」我們回答。

「你們是讓我高興吧？」

「不是，真的像婚紗。」

「可是我不是去出嫁。」

「你看上去就是去出嫁。」

「我沒有化妝，新娘出嫁都是要化妝的。」

「你沒有化妝，也比那邊化妝了的光彩照人。」

「我不是去嫁給伍超。」鼠妹的聲音悲傷了，「我是去墓地安息。」

鼠妹的眼淚開始流淌，我們不再說話。

她說：「我太任性了，我不該丟下他。」

她憂心忡忡走著，心酸地說：「他一個人怎麼辦？是我害了他。」

然後，我們聽到鼠妹的哭泣之聲在原野上長途跋涉了。

「我經常害他，在髮廊的時候，我們兩個都是洗頭工，他有上進心，他一邊給客人洗頭，一邊向技師學習理髮做頭髮，他學得很快，經理都誇他，說準備要讓他做技師。他私下裡對我說，等他正式當上技師，收入就會多了，技藝熟練之後辭職，我們兩個人租一個小門面，開一個小髮廊自己發展。髮廊裡有一個女孩喜歡他，總是湊到他身旁親熱說話，我很生氣，經常找機會與那個女孩吵架，有一次我們兩個打了起來，她抓住我的頭髮，我抓住她的頭髮，他過來拉開我們，我對他吼叫，問他是要她還是要我？我讓他很難堪。我尖聲喊叫，髮廊裡的客人全都轉過身看著我，經理很惱火，罵我，要我立刻滾蛋。經理還在罵我的時候，他走到經理跟前說我們辭職不幹了，還對著經理罵了一句『你他媽的滾蛋』，再回來摟住我的肩膀走出髮廊。我說我們還有半個月的薪水沒領，他說什麼他媽的薪水，老子不要了。我當時就哭了，他摟住我走了很久，我一直在哭，說對不起他，讓他丟臉了，把他的前途毀了，因為他馬上要做技師了。他一隻手摟住我，另一隻手一直在給我擦眼淚，嘴裡說著什麼他媽的技師，什麼他媽的丟臉，老子無所謂。

「後來我說是不是找另一家髮廊去打工，他已經有技師的手藝了，他不願意去。我保證不再吃醋，再有女孩喜歡他，我會裝著看不見，他說老子就是不去髮廊。我們只好去一家餐館打工，餐館經理說我長得好，讓我做樓上包間的服務員，讓他在樓下大堂做服務員。他做事勤快麻利，經理喜歡他，他很快就當上領班。他空閒下來就去和廚師聊天，找到機會就學幾手廚藝。他說了，等他學到真正的廚藝後，我們兩個辭職開一家小餐館。

「我在包間當服務員，來的常常是商人和官員，有一次一群人喝多了，他們中間一個人抱住我，捏了我的胸，其實我忍一忍躲開就是了，可是我哭著下去找他，他受不了別人欺負我，進了包間就和他們打起來，他們人多，把他打在地上，用腳踢他的身體，踢他的頭，我撲在他身上哭叫著求他們別打了。他們才停住手腳，餐館經理上來，低聲下氣對著客人賠禮道歉。明明是他們欺負我們，經理不幫我們，還罵我們。他被他們打得滿臉是血，我抱住他走出包間，走下樓梯後他推開我，要上去再跟他們打一場，他上去了幾步，我撲過去死死抱住他的腿，哭著哀求他，他走下樓梯把我扶起來，我們互相抱著走出餐館。他一直在流鼻血，外面下著雨，我們走到馬路對面，他不願意走了，坐在人行道上，我坐在他身邊，雨淋著我們，衣服濕透了，汽車一輛一輛駛過去，把馬路上的積水濺了我們一身又一身，他一遍一遍說著老子想殺人，我哭個不停，求他別殺人。

「我又害了他，他沒做成廚師，我們也不會有自己的小餐館了。我們兩個月沒有出去工作，錢本來就少，我們一天只吃一頓，兩個月錢就快沒了。我說還是要找個工作的。他不願意，他說不願意再被人欺負了。我說沒有工作就沒有錢，沒有錢只能等著餓死。他說就是餓死也不願意被人欺負。我哭了，哭得很傷心，我哭不是生他的氣，是哭這個社會太不公平。他看到我哭，就走了出去，晚上很晚才回來，給我帶來了兩個熱氣騰騰的大包子。我問他哪裡弄來的錢買的包子？他說撿了一天的礦泉水瓶和易拉罐，賣給回收廢品的人換來的錢。第二天他出門時，我跟著他也出門。他問，你跟著我幹什麼？我說，跟著你去撿礦泉水瓶和易拉罐。

「好像到了。」

我們走了漫長的路，來到殯儀館。我們蜂擁而入時，候燒大廳裡響起一陣驚詫之聲，他們看到一群骨骼漲潮般湧了進來，互相詢問這些是什麼，這些來幹什麼？塑料椅子這邊一個說，可能是遲到的。另一個說，這些也遲到得太久了。沙發那邊的一個高聲說，遲到的都他媽的上年分了。我們中間的一個骨骼低聲說，我們是上年分的白酒，他們是新鮮的啤酒。其他骨骼發出整齊的嘿嘿笑聲。

塑料椅子這邊的普通區域坐著十多個候燒者，沙發那邊的貴賓區域只有三個候燒者。幾個骨骼走向沙發那邊，他們覺得那邊寬敞舒服。身穿破舊藍色衣服戴著破舊白手套的走過去，聲音疲憊地說：

「那邊是貴賓區域，請你們坐在這邊。」

他空洞的眼睛突然看到了我，驚喜和恐懼在裡面此起彼伏。這次他認出了我，因為李青的手把我的臉復原了。

我想輕輕叫一聲「爸爸」，我的嘴巴張了一下沒有聲音。我感到他也想輕輕叫我一聲，可是他也沒有聲音。

然後我感受到他眼睛裡悲苦的神情，他聲音顫抖地問我：「是你嗎？」

我搖搖頭，指指身邊的鼠妹說：「是她。」

他似乎是長長出了一口氣，彷彿從悲苦裡暫時解脫出來。他點點頭，走到入門處的取號機上取出一張小紙條，走回來遞給鼠妹，我看到上面印著A53。他走開時再次仔細看了看我，我聽到一聲深遠的嘆息。

我們坐在塑料椅子這裡。鼠妹虔誠地捧著小紙條，這是她前往安息之地的通行證，她對圍坐在身邊的我們說：

「我終於要去那裡了。」

我們感到候燒大廳裡瀰漫起了一種情緒，鼠妹說出了這種情緒：「我怎麼依依不捨了？」

我們感到另一種情緒起來了，鼠妹又說了出來：「我怎麼難受了？」

我們覺得還有一種情緒，鼠妹再次說了出來：「我應該高興。」

「是的，」我們說，「應該高興。」

鼠妹的臉上沒有出現笑容，她有些擔心，為此囑咐我們：「我走過去的時候，誰也不要看我；你們離開的時候，誰也不要回頭。這樣我就能忘掉你們，我就能真正安息。」

如同風吹草動那樣，我們整齊地點了點頭。候燒大廳裡響起「A 43」的叫號聲，我們前面的塑料椅子裡站起來一個穿著棉質中山裝壽衣的男子，步履蹣跚地走去。我們安靜地坐著，仍有遲到的候燒者進來，身穿破舊藍色衣服戴著破舊白手套的迎上去為他取號，然後指引他坐到我們塑料椅子這邊。

塑料椅子這邊靜悄悄的，沙發那邊傳來陣陣說話聲。三個貴賓候燒者正在談論他們昂貴的壽衣和奢華的墓地。其中一個貴賓穿著裘皮壽衣，另外兩個貴賓好奇詢問為何用裘皮做壽衣，這個回答：

「我怕冷。」

「其實那地方不冷。」一個貴賓說。

「沒錯。」另一個貴賓說，「那地方冬暖夏冷。」

「誰說那地方不冷？」

「看風水的都這麼說。」

「看風水的沒一個去過那地方，他們怎麼知道？」

「這個不好說，沒吃過豬肉總見過豬跑吧。」

「吃豬肉和見豬跑不是一回事，我從來不信風水那一套。」

那兩個貴賓不說話了，穿著裘皮壽衣的貴賓繼續說：「去了那地方的沒有一個回來過，誰也不知道那地方的冷暖，萬一天寒地凍，我這是有備無患。」

「他不懂。」我身旁的一個骨骼低聲說，「裘皮是獸皮，他會轉生成野獸的。」

那兩個貴賓詢問這個裘皮貴賓的墓地在哪裡，裘皮貴賓說是在高高的山峰上，而且山勢下滑，他可以三百六十度地一覽眾山小。

那兩個貴賓點頭說：「選得好。」

「他們都不懂，」我身邊的骨骼再次低聲說，「山勢要兩頭起的，不能兩頭垂的。兩頭起的，兒孫富貴；兩頭垂的，兒孫要飯。」

候燒大廳裡響起「V12」的叫號聲，穿著裘皮壽衣的貴賓斜著身子站了起來，像是從轎車裡鑽出來的習慣動作，他向另外兩位貴賓點點頭後，一副躊躇滿志的樣子走向爐子房。

叫號聲來到「A44」，緩慢地響了三次後，是「A45」，又緩慢地響了三次，是「A46」了。叫號聲像是暗夜裡遠處的呼嘯風聲，悠長而又寂寞，這孤寂的聲音讓候燒大廳顯得空曠和虛無。連續三個空號後，「A47」站了起來，是一個女人的身影，小心翼翼地向前走去。

我們安靜地圍坐在鼠妹四周，感受鼠妹離去的時間愈來愈近。V13和V14的兩個貴賓走去後，叫號聲來到「A52」，我們的眼睛不由自主地轉向鼠妹，她雙手合攏舉在胸前，低頭在沉思。

「A52」叫了三次後，我們聽到鼠妹的「A53」，那一刻我們同時低下頭，感覺鼠妹離開塑料椅子走去。

雖然我低著頭，仍然在想像裡看到鼠妹拖著婚紗似的長裙走向安息之地——我看見她走去，沒有看見爐子房，沒有看見墓地，看見的是她走向萬花齊放之地。

然後我聽到四周的塑料椅子發出輕微的響聲，我知道骨骼們正在起身離去，知道他們退潮似的退了出去。

我沒有起身離去。前面的塑料椅子裡坐著剩下的五個候燒者，身穿破舊藍色衣服戴著破舊白手套的父親低頭站在他們左側的走道上，一副隨時聽從他們招呼的樣子。我感到父親佇立的身影像是一個默哀者。一個候燒者轉過頭來說了一句什麼，他快步上前，低聲回答候燒者的詢問，然後退回到走道上繼續低頭佇立。我父親對待自己的工作總是兢兢業業，無論是在那個離去的世界裡，還是在這裡，都是如此。

剩下的五個候燒者先後步入爐子房之後，候燒大廳裡空蕩得好像連空氣也沒有了，只有昏暗的光亮來自相隔不近的蠟燭形狀的壁燈。我看見父親步履沉重走過來，我起身迎上去，挽住父親空空蕩蕩的袖管，裡面的骨骼似乎像一條繩索那樣纖細。我攙扶父親準備走向貴賓區域，那邊舒適的沙發在等待我們。可是父親制止了我，他說：

「那裡不是我們坐的。」

我們在塑料椅子裡坐了下來，我右手捧住父親左手的白手套，手套上的破洞讓我感受到父親手指的骨骼，脆弱得似乎一碰就會斷裂。父親沒有目光的眼睛辨認似的看著我，讓我感到難以言傳的親切，我叫了一聲：

「爸爸。」

父親低下頭去，哀傷地說：「你這麼快就來了。」

「爸爸，」我說，「我一直在找你。」

父親抬起頭來，沒有目光的眼睛繼續辨認似的看著我，繼續哀傷地說：「你這麼快就來了。」

「爸爸，」我問他，「你是不是怕拖累我？所以走了。」

他搖了搖頭，輕聲說：「我只是想去那裡看看，我知道病治不好了就想去那裡看看。」

「為什麼要去那裡？」

「我難過，我想到丟棄過你就難過。」

「爸爸，」我說，「你沒有丟棄過我。」

「我就是想找到那塊石頭，在上面坐一會兒。我一直想去那裡，天黑了就想著要去那裡，天亮了看見你又不去了，我捨不得離開你。」

「爸爸，為什麼不跟我說？我會陪你一起去的。」

「我想過要跟你說，想過很多次。」

「為什麼不說？」

「我不知道。」

「是怕我傷心？」

「不是的，」他說，「我還是想一個人去。」

「所以你不辭而別。」

「不是的，」他說，「我是想坐晚上的火車回來。」

「可是你沒有回來。」

「我回來了。」他是死後回來的，「我在店鋪對面站了很多天，看見裡面走出來的是別人。」

「我去找你了。」

「我看見店鋪已經是別人的，就知道你去找我了。」

「我一直在找你。」我說，「我去了那家商場，你走的那天發生了火災，我擔心你在那裡。」

「哪家商場？」

「就是離我們店鋪不遠的那家很大的銀灰色商場。」

「我不記得。」

我想起來了，商場開業的時候他已經深陷在病痛裡，我說：「你沒有去過那裡。」

他再次哀傷地說：「你這麼快就來了。」

「我找遍了城市，還去了鄉下找你。」我說。

「你見到伯伯姑姑他們了？」他問我。

「見到了，那裡也變了。」我沒有說那裡變得荒蕪了。

「他們還怨恨我嗎？」他問。

我說：「他們都很難過。」

他說：「我早就應該去看看他們。」

我說：「我到處找你，沒想到你坐上火車去了那裡。」

他喃喃自語：「我坐上了火車——」

我這時微笑了，我想到我們是在分開的兩個世界裡互相尋找。

他悲傷的聲音又響了起來：「你這麼快就來了。」

「爸爸，我沒有想到會在這裡見到你。」

「我在這裡每天都想見到你，可是我不想這麼快就見到你。」

「爸爸，我們又在一起了。」

我和父親永別之後竟然重逢，雖然我們沒有了體溫，沒有了氣息，可是我們重新在一起了。我的右手離開他戴著破舊白手套的纖細骨骼手指，小心放在他骨骼的肩膀上。我很想對他說，爸爸，跟我走吧。但是我知道他熱愛工作，熱愛這個候燒大廳裡的工作，所以我說：

「爸爸，我會經常來看你的。」

我感到他骨骼的臉上出現了笑意。

他問我：「你親生父母知道嗎？」

「可能還不知道。」

他嘆息一聲說：「他們會知道的。」

我不再說話，他也不再說話。候燒大廳陷入回憶般的安靜，我們珍惜這個在一起的時刻，在沉默裡感受彼此。我覺得他在凝視我臉上的傷痕，李青只是復原了我的左眼、鼻子和下巴，沒有抹去留在那裡的傷痕。

他戴著破舊白手套的雙手開始撫摸我的肩膀，骨骼的手指在顫抖，我感到這既是永別的撫摸，也是重逢的撫摸。

他的手指來到我手臂上的黑布，然後停留在黑布上了。他深深垂下了頭，沉溺在久遠的悲傷裡。他知道自己離去後，我在那個世界裡也就孤苦伶仃了。他沒有詢問我是怎麼過來的，可能是他不想讓我傷心，也不想讓自己傷心。過了一會兒，他輕聲說，他想戴上那塊黑布。這是父親的心願，我聽出來了。我點點頭，把手臂上的黑布取下來遞給他，他脫下兩隻白手套，十根骨骼的手指抖動著接過了黑布，又抖動著給自己空蕩蕩的袖管戴上這塊黑布。

他給自己骨骼的雙手戴上破舊的白手套之後，抬起頭看著我，我看見他空洞的眼睛裡流出兩顆淚珠。雖然他早我來到這裡，仍然流下了白髮人送黑髮人的眼淚。

「有人告訴我，朝著這個方向走，能見到我的女朋友。」

「誰是你的女朋友？」

「最漂亮的那個。」

「她叫什麼名字？」

「她叫劉梅，也叫鼠妹。」

我在返回的路上，一個步履急切的人走到我跟前，他的左手一直捂住腰部，身體微微歪曲，一副大病初癒的模樣。我認出這個急切的人，頭上亂蓬蓬的黑髮像一頂皮毛帽子，我想起他曾經有過的花花綠綠的髮型，他應該很久沒有染髮，也沒有理髮。

「你是伍超。」

「你怎麼知道我的名字？」

「我認識你。」

「你怎麼會認識我？」

「在出租屋。」

我的提醒逐漸驅散了他臉上的迷惘，他看著我說：「我覺得好像在哪裡見過你。」

「就是在出租屋。」我說。

他想起來了，臉上出現了一絲笑容：「是的，是在出租屋。」

我看著他左手捂住的腰部，問他：「那裡還疼嗎？」

「不疼了。」他說。

他的左手離開了腰部，隨後又習慣性地回到那裡繼續捂住。

我說：「我們知道你賣掉一個腎，給鼠妹買下一塊墓地。」

「你們？」他疑惑地看著我。

「就是那裡的人。」我的手指向前方。

「那裡的人？」

「沒有墓地的人都在那裡。」

他點點頭，好像明白了。他又問：「你們是怎麼知道的？」

「肖慶過來了，他告訴我們的。」我說。

「肖慶也來了？」他問，「什麼時候？」

「應該是六天前，」我說，「他一直在迷路，昨天才來到我們那裡。」

「肖慶是怎麼過來的？」

「車禍，濃霧裡發生的車禍。」

他迷惑地說：「我不知道濃霧。」

他確實不知道，我想起來肖慶說他躺在地下的防空洞裡。

我說：「那時候你在防空洞裡。」

他點了點頭，然後問我：「你過來多久了？」

「第七天了。」我問他，「你呢？」

他說：「我好像剛剛過來。」

「那就是今天。」我心想他和鼠妹擦肩而過。

「你一定見到鼠妹了。」他的臉上出現期盼的神色。

「見到了。」我點點頭。

「她在那裡高興嗎？」他問。

「她很高興。」我說，「她知道你賣掉一個腎給她買了墓地就哭了，哭得很傷心。」

「她現在還哭嗎？」

「現在不哭了。」

「我馬上就能見到她了。」

欣喜的神色像一片樹葉的影子那樣出現在他的臉上。

「你見不到她了，」我遲疑一下說，「她去墓地安息了。」

「她去墓地安息了？」

欣喜的樹葉影子在他臉上移走，哀傷的樹葉影子移了過來。

他問我：「什麼時候去的？」

「今天，」我說，「就是你過來的時候，她去了那裡，你們兩個錯過了。」

他低下頭，無聲哭泣著向前走去。走了一會兒，他停止哭泣，憂傷地說：

「我要是早一天過來就好了，就能見到她了。」

「你要是早一天過來，」我說，「就能見到光彩照人的鼠妹。」

「她一直都是光彩照人。」他說。

「她去安息之地的時候更加光彩照人。」我說，「她穿著婚紗一樣的長裙，長裙從地上拖過去……」

「她沒有那麼長的裙子，我沒見過她有那麼長的裙子。」他說。

「一條男人長褲改成的長裙。」我說。

「我知道了，她的牛仔褲綳裂了，我在網上看到的。」他憂傷地說，「她穿上別人的褲子。」

我說：「是一個好心人給她穿上的。」

我們沉默地向前走著，空曠的原野紋絲不動，讓我們覺得自己的行走似乎是在原地踏步。

「她高興嗎？」他問我，「她穿著長裙去墓地的時候高興嗎？」

「她高興，」我說，「她害怕春天，害怕自己的美麗會腐爛，她很高興你給她買了墓地，在冬天還沒有過去的時候就能夠去安息，帶著自己的美麗去安息。我們都說她不像是去墓地，像是新娘去出嫁，她聽了這話傷心地哭了。」

「她為什麼哭了？」他問。

「她想到不是去嫁給你，是去墓地安息，她就哭了。」我說。

伍超傷心了，他向前走去時擺動的右手舉了起來，接著一直捂住腰的左手也舉了起來，他兩隻手一邊擦著眼睛一邊走著。

「我不該騙她，」他說，「我不該拿山寨的iphone去騙她，她很想有一個iphone，她每天都掛在嘴上，她知道我沒有錢，買不起真正的iphone，她只是想想說說。我不該拿一個山寨的去騙她，我知道她為什麼要自殺，不是我給她買了山寨貨，是我騙了她。」

他擦眼睛的兩隻手放了下來，他說：「如果我告訴她，這是山寨的，我只有這麼一點錢，她也會高興的，她會撲上來抱住我，她知道我盡心盡力了。」

「她對我太好了，跟了我三年，過了三年的苦日子。我們太窮，經常吵架，我經常發火，罵過她打過她，想起這些太難受了，我不該發火，不該罵她打她。再窮再苦她也不會說離開我，我罵她打她了，她才哭著說要離開我，哭過之後她還是和我在一起。

「她有個小姊妹，在夜總會做小姐，每晚都出檯，一個月能掙好幾萬，她也想去夜總會做小姐，說只要做上幾年，掙夠錢了跟我回家，蓋一幢房子，和我結婚，她說最大的願望就是和我結婚。我不答應，我受不了別的男人碰她的身體，我打了她，那次把她的臉都打腫了，她哭著喊著要離開我。第二天早晨醒來，她抱住我，對我說了很多聲對不起，說她永遠不會讓別的男人碰她的身體，就是我死了，她也不會讓別的男人碰，她要做寡婦。我說我們還沒有結婚，我死了你不能算是寡婦；她說放屁，你死了我就是寡婦。

「去年冬天的時候，比這個冬天還要冷，我們剛剛搬到地下防空洞裡，身上的錢花完了，還沒有找到新的工作，我們在床上躺了一天，只喝了一些熱水，熱水是她向鄰居要來的。到了晚上，餓得心裡發慌，她下了床，穿戴好了，說出去要點吃的。我說怎麼要。她說就站在街上向走過去的人要。我不願意，我說那是乞丐。她說你不願意就躺著吧，我去給你要點吃的來。我不讓她去，我說我不做乞丐，也不讓你做乞丐。她說都快餓死了，還在乎什麼乞丐不乞丐的。她一定要出去，我只好穿上羽絨服跟她走出防空洞。

「那天晚上很冷，風很大，從脖子一直灌到胸前。我們兩個站在街上，她對走過去的人說，我們一天沒吃東西了，能不能給我們一點錢。沒有人理睬我們，我們在寒風裡站了一個多小時，她說不能這樣要飯，應該站到飯館門外去等著。她拉著我的手，在寒風裡走過一家亮堂堂的麵包房，她拉著我又走了回去，讓我在外面站著，自己走進去，我透過玻璃看著她先是向櫃檯裡的服務員說些什麼，櫃檯裡的服務員搖頭；她又走到幾個坐在那裡吃著麵包喝著熱飲的人面前，對他們說了一些話，他們也是搖頭。我知道他們都拒絕給她麵包，她從裡面走出來，好像什麼事也沒有發生，拉著我的手走到一家看上去很高檔的餐館門口，她說就在這裡等著，裡面吃完飯的人將剩菜打包出來時，向他們要打包的剩菜。那時候我又冷又餓，在寒風裡站都站不穩了，她好像不冷也不餓，站在那裡看著一夥一群的人走出來，沒看到有人手裡提著打包的剩菜，只有轎車一輛輛駛過來把他們接走。那家餐館太高檔了，去吃飯的都是有錢人，都不把剩下的菜打包。

「後來一個商人模樣的人送走了幾個官員模樣的人，站在餐館門口給他的司機打電話，她走上去對他說，我們一天沒吃東西了，我們不是要飯的，我們不要錢，只求你發發善心，去旁邊麵包房給我們買兩個麵包。那個商人模樣的中年男人收起手機，看著她說，你這麼漂亮，還缺兩個麵包？她說漂亮不能當麵包吃。中年男人笑了，說漂亮確實不能當麵包吃，可是漂亮是無形資產。她說無形資產是虛的，麵包是實的。中年男人發出咦的叫聲，對她說，你漂亮還聰明，你跟我走吧，跟我走想吃什麼就能吃什麼。她回頭指指我說，我是他的人。中年男人看看我，那眼神好像在說，這窮小子。

「中年男人的奔馳車開過來了，他打開車門對裡面的司機說，你去那邊麵包房買四個麵包。司機下了車向著麵包房小跑過去，中年男人的手機響了，他接起了電話。他的司機買了麵包跑回來，他一邊打電話一邊對司機說，給他們。司機把裝著四個麵包的紙袋遞給了她，她對中年男人說，謝謝你。中年男人坐進奔馳車，車開走了。她的手伸進紙袋，掰了一塊剛出爐熱乎乎的麵包放進我的嘴裡，再把裝著麵包的紙袋放進自己的羽絨服裡，她冰冷的手拉起我冰冷的手，對我說，我們回家吃。

「我們回到地下的家，她又去向鄰居要來一杯熱水，我們兩個坐在床上，她要我先喝一口熱水，再吃麵包，她怕我會噎著。她喜氣洋洋，好像從此衣食無憂了。我吃著的時候突然傷心地哭了，我吞進自己的眼淚，咽下嘴裡的麵包，對她說，我們還是分手吧，你別再跟著我受苦了。她放下吃著的麵包，眼淚也流了出來，她對我說，你別想甩了我，我一輩子都要纏著你，我就是死了變成鬼也要纏著你。

「她那麼漂亮，很多人追求她，他們掙錢都比我多，可是她鐵了心跟著我過窮日子，她有時候也會抱怨，抱怨自己跟錯男人了，可她只是說說，說過以後她就忘記自己跟錯男人了。」

伍超的臉上出現了笑容，我們已經走了很長的路，四周仍然是空曠的原野，我們仍然在孤零零地行走。伍超臉上的笑容開始甜蜜起來，他說起了初遇鼠妹的情景。

「我三年前第一次見到鼠妹時，她在一家髮廊裡做洗頭工。我只是路過，隨便朝髮廊看了一眼，看見站在門口迎候客人的鼠妹，她也看了我一眼，我當時心裡咚咚直跳，我沒見過這麼漂亮的姑娘，她的眼睛看我時好像把我的魂魄吸走了。我向前走出二十多米，再也不能往前走了，我猶豫很長時間，重新走回去，她還站在門口，我看她時，她又看了我一眼，這一眼讓我的心臟快要跳出來了。我走過去後又猶豫一會兒，再走回來時，站在門口迎候客人的姑娘不是鼠妹了。鼠妹正在裡面給一個客人洗頭，我透過玻璃看到她的臉在一面鏡子裡，她的眼睛在鏡子裡看到了我，這次她看了我一會兒。

「我在那家髮廊四周走來走去後，鼓起勇氣走了進去，門口的姑娘以為我是去理髮的，對我說，歡迎光臨。我聲音發抖地問她，經理在嗎？一個站在收銀櫃檯後面的男人說，我是經理。我問他，這裡需要洗頭工嗎？他說，現在不需要，對面的髮廊正在招洗頭工，你去那裡吧。

「我狼狽地走出這家髮廊，我不敢去看鼠妹的眼睛，我在大街上走了很久，怎麼也忘不了鼠妹的眼睛。過了兩天，我再次鼓起勇氣走進去問那個經理，是不是需要洗頭工。經理還是建議我到對面的髮廊去。接下來的一個月裡去了四次，我感到自己一進去，鼠妹就看著我了。第四次的時候剛好有個男洗頭工辭職，我幸運頂替了他。那個男洗頭工的工號是七號，我成了七號。鼠妹當時看著我，嘴角一歪笑了一下。

「我在這家髮廊工作的第一天晚上，理髮做頭髮的客人不多，鼠妹坐在椅子裡翻看著一本髮型雜誌，一邊看著雜誌一邊抬頭看鏡子裡自己擺動的頭髮，好像在給自己尋找最好的髮型。我在她旁邊的椅子裡坐了下來，因為緊張，我呼哧呼哧地喘氣，鼠妹轉過臉來問我，你有哮喘病？我急忙搖頭，說沒有哮喘病。鼠妹說，你喘氣的聲音怪嚇人的。

「我在她旁邊坐著愈來愈緊張，我擔心自己喘氣的聲音像哮喘，我像是在水裡憋氣似的小心呼吸。她一直在翻看那本髮型雜誌，設計自己各種不同的髮型。我鼓起勇氣問她，你叫什麼名字？她頭也不抬地回答，三號。她的聲音聽上去很冷淡，我當時感到很悲哀，可是過了一會兒她抬起頭來，微笑地看著我，問我，你叫什麼名字？我慌張地說，七號。她咯咯笑了，再問我，七號叫什麼名字？我才想起來自己的名字，我說，七號叫伍超。她闔上髮型雜誌，對我說，三號叫劉梅。」

伍超的聲音戛然而止，他停止前行的步伐，眼睛眺望前方，他的臉上出現詫異的神色，他看到了我曾經在這裡見到的情景——水在流淌，青草遍地，樹木茂盛，樹枝上結滿了有核的果子，樹葉都是心臟的模樣，它們抖動時也是心臟跳動的節奏。很多的人，很多只剩下骨骼的人，還有一些有肉體的人，在那裡走來走去。

他驚訝地向我轉過身來，疑惑的表情似乎是在向我詢問。我對他說，走過去吧，那裡樹葉會向你招手，石頭會向你微笑，河水會向你問候。那裡沒有貧賤也沒有富貴，沒有悲傷也沒有疼痛，沒有仇也沒有恨……那裡人人死而平等。

他問：「那是什麼地方？」

我說：「死無葬身之地。」

二〇一三年一月二十四日

國家圖書館出版品預行編目資料

第七天(新版) / 余華作.-- 二版. -- 臺北市 : 麥田, 城邦文化出版 : 家庭傳媒城邦分公司發行, 2013.8
面； 公分. -- (余華作品集 ; 11)

ISBN 978-986-344-807-5 (平裝)

857.7 109011248

余華作品集 11

第七天

作　　者	余　華
責任編輯	林秀梅　莊文松
版　　權	吳玲緯　楊　靜
行　　銷	闕志勳　吳宇軒　余一霞
業　　務	李再星　李振東　陳美燕
副總編輯	林秀梅
編輯總監	劉麗眞
事業群總經理	謝至平
發 行 人	何飛鵬
出　　版	麥田出版 城邦文化事業股份有限公司 台北市南港區昆陽街16號4樓 電話：（886）2-2500-0888 傳眞：（886）2-25001951
發　　行	英屬蓋曼群島商家庭傳媒股份有限公司城邦分公司 台北市南港區昆陽街16號8樓 客服專線：02-25007718；25007719 24小時傳眞專線：02-25001990；25001991 服務時間：週一至週五上午09:30-12:00；下午13:30-17:00 劃撥帳號：19863813 戶名：書虫股份有限公司 讀者服務信箱：service@readingclub.com.tw 麥田部落格：http://ryefield.pixnet.net/blog 麥田出版Facebook：https://www.facebook.com/RyeField.Cite/
香港發行所	城邦（香港）出版集團有限公司 香港九龍九龍城土瓜灣道86號順聯工業大廈6樓A室 電話：(852)2508-6231　傳眞：(852)2578-9337 電子信箱：hkcite@biznetvigator.com
馬新發行所	城邦(馬新)出版集團【Cite(M)Sdn. Bhd.（458372U）】 41, Jalan Radin Anum, Bandar Baru Seri Petaling, 57000 Kuala Lumpur, Malaysia. 電話：+6(03)-90563833　傳眞：+6(03)-90576622 電子信箱：services@cite.my
封面設計	朱疋
排　　版	宸遠彩藝工作室
印　　刷	前進彩藝有限公司
初版一刷	2013年08月
二版十一刷	2024年06月

定價300元
ISBN：978-986-173-948-9

城邦讀書花園
www.cite.com.tw